目次

熟女ワイン酒場

プロローグ

駅前の通りに面したコーヒーショップは、平日の昼下がりということで、お客は六割程度の入りだった。

「わたし、高地《たかち》先生には期待しているんですよ」

笑顔でそう言ったのは、今日が初対面の女性編集者だ。明らかに年下の彼女を相手に、高地信充《のぶみつ》は恐縮して「ど、どうも」と頭を下げた。

信充は小説家である。ジャンルで言えば、ミステリー作家という肩書きになるのだろう。

しかしながら、現状を鑑《かんが》みると、そう名乗ることにためらいを禁じ得ない。開店休業とまではいかずとも、別名でジャンルを問わず売文を書き散らし、どうにか食べているのが現実である。

ミステリーは短編を年に数本、雑誌に載せてもらえればいいほうだ。長編など、もう二年も書いていない。

(前はこうじゃなかったのに……)

信充は胸の内で嘆息した。

デビューしたのは九年前。彼が三十五歳のときである。

サラリーマンをしながらコツコツと創作を続け、念願叶って先人の名を冠したミステリーの賞を受賞した。それをシリーズ化した書籍も重版し、順風満帆と言っていいスタートを切ったのである。

当時、信充には妻がいた。二十代の終わりに結婚し、本が出せたときも我が事のように喜んでくれた。

ところが、信充がサラリーマンを辞め、作家専業でやっていくと宣言したとき、彼女は猛反対したのである。

『小説家なんて人気商売なんだし、いつまで本が出せるかわからないでしょ。そっちは片手間にして、ちゃんと仕事を続けたほうがいいわ』

妻の忠告は、どうせすぐに人気がなくなり、書けなくなると決めつけているかに聞こえた。そのため、かえってムキになったのは否めない。

翌日、信充はほとんど勢いのみで、会社に辞表を提出した。妻は怒り心頭だったが、問題ないと突っぱねたのである。

作家専業になり、最初の二年ほどは順調だった。何しろ、会社員時代の倍近い年収が得られたのだから。

これなら文句はあるまいと、信充は鼻高々であった。ただ、妻に喜んでいる様子は見られなかった。

収入が増えたぶん、暮らしが豊かになったわけではない。むしろ食費や日用品など、妻が倹約していることが窺《うかが》えた。当時は賃貸マンションで暮らしており、一戸建てを買おうと持ちかけても乗ってこなかった。

さらに、あなたが家にいるのだからと、彼女は本格的に勤めだした。それまでもパートの仕事はしていたが、昔のツテを頼り、正社員として就職したのだ。

おそらく、いずれ小説の仕事などなくなると考え、貯えを増やすことにしたのだろう。正直、面白くなかったものの、だったらもっと稼いで見返してやると、信充は発奮した。

しかしながら、やる気と結果が直結するとは限らないのが、この世界だ。

デビュー作でもあるシリーズ物の単行本は、六冊を出したところで終了となった。部数が少しずつ減るのは致し方ないとは言え、それが五冊目でガクンと落ちたのである。人気回復のためのてこ入れが裏目に出たらしい。やむなく、次の六冊目で終わらせることとなった。

そのときの担当編集者は、文庫で出して人気が再燃する場合もあるので、そうなったら続きを出しましょうと言ってくれた。同シリーズはのちに文庫化されたものの、今に至るまで続編の話は来ていない。

信充とて、ひとつの作品のみにこだわっていたわけではなかった。他にも連載や書き下ろし、短編の依頼もこなして、忙しくしていたのである。

三年目ぐらいから、書き下ろしはすべて文庫本になった。人気作家を除けば単行本は高くて売れず、これもやむを得なかったであろう。ただ、文庫の初版部数も、新作を出すたびに少なくなった。

当然ながら、収入も年々減ってゆく。仕事の依頼そのものが少なくなったためもあった。

これはまずいと、依頼がないままに長編を書き下ろし、出版社に送った。しかし、後回しにされるか、採用してもらえず返されることもあった。

かくして、五年目には会社員時代の年収を下回った。ミステリーだけでは食べていけないと、他のジャンルに手を出し始めたのもその頃からだ。妻よりも稼げなくなったときには、さすがに気落ちした。苛立《いらだ》ちが募って諍《いさか》いも増え、夫婦間のミゾも深まった。

離婚したのは一年半前である。創作に専念したいからと、それっぽい理由を告げたものの、本音は妻を養えない腑甲斐なさに耐えられなかったのだ。

そんな内心を、彼女も見抜いていたのではないか。離婚届にあっさり判を押したのは、とっくに愛想を尽かしていたためかもしれない。慰謝料も請求せず、いくらか貯えのあった通帳も残していった。憐れまれた気がして、信充はますます落ち込んだ。

かくして安アパートに引っ越し、糊口《ここう》を凌《しの》いできた。

離婚してから週刊誌の書評の仕事がもらえ、それが好評だったようで他からも依頼が来た。執筆に追われていたときには、本を読む時間も取れなかったが、今は仕事として読書ができる。勉強にもなるし、再び返り咲くためにもしっかりインプットをしなければと、少しずつ前向きにもなれた。

もっとも、四十四歳になった現在も、かつてほどには稼げていない。

今回、連載の依頼が来て、最初は書評だと思った。ところが小説で、しかもミステリーだという。何かの冗談か、あるいは誰かと間違えているのかと訊き返せば、間違いなく高地信充の作品を求めていた。

かくして、担当の編集者と、こうして対面しているわけである。電話で女性なのはわかっていたが、想像していたよりも若くて、信充は驚いた。

「わたし、編集者になったときから、いずれは高地先生の担当になりたいと望んでいたんです」

彼女——小野寺亜梨紗《おのでらありさ》が目を細める。感激した面持ちは、単なるおべっかを口にしているとは思えなかった。

それゆえに、落ちぶれた自身を省みて、面映ゆかったのも確かである。

訊けば、信充のデビューと、彼女の入社した年が同じであった。そうすると、年は三十一、二歳であろうか。明るくて溌剌《はつらつ》としているから、二十代の後半でも通用しそうだ。

「おれの小説の、どんなところが気に入ったの？」

「まず、文章がとてもお上手です。読みやすくて、情景やキャラクターがすぐに浮かぶんです。ベテランでも、あそこまで書けるひとはそういません。今は書評のお仕事が多いようですけど、文章が読みやすいから好評なんだと思います」

習作時代が長く、努力を重ねてきたぶん、文章を褒められるのは単純に嬉しかった。自分のことをよくわかってくれているのだと感じられ、是非とも一緒に仕事をしたい気にさせられる。

「そう言えば、WEBでの連載っていう話だったけど」

確認すると、亜梨紗が「ええ」とうなずいた。

「ウチの出版社のサイトで、WEBマガジンを立ち上げたんです。今は漫画も雑誌じゃなくて、WEBで連載してから単行本で出すのが普通ですし、小説でも増えてるんですよ。ウチは参入したのが遅いぐらいなんです」

できれば紙の雑誌で連載したいというのは、古い考えなのだろうか。信充はふと思った。いくらネットの動画配信が若い世代に好評でも、それよりはテレビのほうがマシだと思うのと似たようなもので。

ともあれ、贅沢を言える立場ではない。仕事がもらえるだけでも有り難いのだ。しかも、念願だったミステリーが書けるのである。

「WEB連載は特に制約もなくて、比較的自由に書けます。もちろん、公序良俗を乱すものは困りますけど、そのあたりは常識の範囲内で」

「ええ、もちろん。ところで、内容は？」

「高地先生が書きたいものを、好きに書いていただけたらと思います。デビュー作みたいに、先生が乗りに乗っている作品を、わたしは読みたいんです。何か暖めているアイディアはありますか？」

「いや、特には」

「では、これから考えてください」

さらりと言われて、思わず眉をひそめる。そんな簡単なことではないのだ。

しかし、亜梨紗は悪びれることなく話を続けた。

「それから、執筆に当たって注意していただきたいことがあるんですけど、お伝えしてもよろしいですか？」

「え、なに？」

「高地先生の弱いところを、この際改めていただきたいんです」

いきなりそんなことを言われて面喰らう。書いたものについてあれこれ言われたことはあっても、書く前から注文をつけられるのなんて初めてだった。

「まず、キャラクターの造形です。これまで書かれた作品の登場人物は、正直ありきたりで、深みが感じられなかったんです。もっとリアルなというか、現実にいてもおかしくないと思える人物を描いてください。そこに生きている息づかいや心の痛み、匂いなども感じられるように」

「はあ……」

「特に女性キャラを、もっと魅力的にしていただきたいんです。正直、童貞の男の子だって、もっとマシなキャラクターが書けると思いますよ」

辛辣な意見に、信充は言葉を失った。しかも、それで終わりではなかった。

「それから、作品の舞台として、先生はいつも架空の街を設定されていましたけど、そのせいで描かれる出来事も、いかにも絵空事のように読めてしまうんです。キャラクターもそうですけど、作品の舞台もリアルにしていただきたいんです。そこに暮らすひとびとの生き様が想像できるように、しっかりした舞台をしつらえてください」

文章がよくて、情景やキャラクターがすぐに浮かぶと、褒めてくれたのではなかったのか。一気に不機嫌モードになりながらも、信充が何ひとつ反論できなかったのは、自分でも思い当たるところがあったからだ。

すらすら読めて、その間は楽しめるけれど、あとに何も残らない。かつて読者の批評をネットで目にし、確かにそうかもしれないと悩んだことがあった。残念ながら、それを改善できぬまま、仕事がなくなってしまったが。

ただストーリーを追うだけで終わってしまうのは、やはりリアリティに欠けるからではないのか。自身の弱点を真正面から指摘された気がして、信充は今が改めるチャンスだと思った。

「……どうすれば、描写がリアルになるんでしょうか？」

自分よりひと回りも年下の編集者に、縋《すが》る眼差しを向ける。

「んー」

亜梨紗は考え込むように首をひねり、大きな窓越しに店の外を眺めた。

駅前通りを、ひとびとが行き交っている。ここは信充のアパートから徒歩圏内であり、飽きるほどに見慣れた、なんということもない光景だ。

すると、彼女がいいことを思いついたというふうに、頬を緩める。

「この街を舞台にしたらいかがですか？」

「え、ここを？」

「なかなか面白いと思いますけど」

信充は困惑を隠せないまま、地元である中野の街に視線を戻した。

第一章　初めての店でしっぽり

1

なんだか雑多な街だなというのが、信充が中野区に移り住んだときに抱いた印象だ。それは今でも変わっていない。

結婚して夫婦で住んでいたマンションは、杉並区にあった。勤めていた会社は新宿で、中野はその中間に位置する。より都心に近づいたはずだが、少しもそんな気がしなかった。

むしろ、杉並区と新宿のあいだに穴というか窪地があって、そこに落ち込んだように感じられたのだ。

実際に中野が低地になっているわけではない。あくまでも感覚的なものである。いや偏見なのか。

サラリーマン時代、通勤に使っていたのは中央線の快速電車で、最寄り駅に特別快速は止まらなかった。というより、杉並区の駅である高円寺、阿佐ヶ谷、荻窪、西荻窪は、すべて飛ばされるのである。おまけに土日祝日には、快速電車すら荻窪以外には止まらない。

かように無視された存在だったから、特別快速も止まる中野は、さぞ開けた街なのだろうとやっかんでいた。そのため、いざ住むようになって、この程度かと蔑んだフシはある。まったく洗練されていないじゃないかと。

そんな屈折した感情を差し引いても、信充のアパートがある中野駅の北口方面は、少しも整然としない賑わいを見せていた。ウィークデイにもかかわらず、人波が溢れている。

しかし、いくら賑やかでも、余所の繁華街とは趣を異にしていた。昔ながらのものとオタク文化がせめぎ合い、他の要素が溶け込めずにウロウロしているふうだ。秋葉原と池袋駅北口を混ぜたらこうなるのではないか。

（いや、そんなふうに描写したって、東京に住んだことのない人間にはわからな

いぞ）

夜の中野をぶらぶらと歩きながら、信充はかぶりを振った。

行き交うひとびとをそれとなく眺め、この街を小説で描写するとしたら、どんな感じになるかなと大いに悩む。本当に舞台として相応しいのかという思いを拭い去れないままに。

中野駅には中央線快速の他、総武線と東京メトロ東西線も乗り入れている。そため乗降客が多い。一日平均十五万人という数字を、どこかで見たことがあった。駅の北口改札はひっきりなしに人間を通し、その流れがアーケード街の中野サンモールにまで続くのだ。

中野サンモールはメインの通りだけあって、ドラッグストアや携帯ショップ、ブティックに靴屋など、わりあいに知られた店が並ぶ。飲食店もチェーン店が多いようだ。

ただ、新しくオープンした店も、雑然とした景色に溶け込んで、少しも新装らしく見えない。道幅も狭く、常にごった返している印象だ。

そこを真っ直ぐ進むと、ショッピングモールの中野ブロードウェイに足を踏み入れることになる。そちらはアニメだのフィギュアだの、サブカルチャーを扱う店が目につく。ファッションの店も独特な雰囲気があった。

四階建てで南北に長い建物は、天井が低くて通路も広くない。一軒一軒の店も商品が所狭しと並べられ、一般的なショッピングモールがぎゅっと凝縮されたみたいだ。

信充は中野に住み始めて、最初にサンモールとブロードウェイを訪れただけで、お腹いっぱいという心持ちになった。あちこちに目移りしたわけではない。むしろどこを見ればいいのかわからず、歩くだけでくたびれた。

中野はメインの通り以外にも、細い路地が網目のごとく入り組み、飲食店を中心に店が並ぶ。飲み屋ばかりでなく、様々な種類の料理店もあった。新宿あたりの横町ふうでありながら、地方の繁華街っぽく垢抜けていない。

ここを一軒ずつ入ったら、全店制覇するのにどのぐらいかかるだろうか。そんなこともかつて考えたが、考えただけで終わった。そもそも信充は、一見でどこでも気安く入れるような性格ではなかった。

だからこそ、小説でも架空の街をこしらえて、お茶を濁したのかもしれない。実在するどこかに深く入り込み、しがらみに巻き込まれるのを恐れて。

(そんなことだから、心に訴えられるものが書けなかったんだ)

なまじ文章に自信があったものだから、手先の器用さだけに頼ってきた。そのツケが早々に回ったのだ。

亜梨紗のアドバイスもあり、新作は中野を舞台にすることに決めた。どう足掻いてもミステリーな出来事など起こりそうにない街だが、その意外性が逆に面白いのではないか。それに、知った場所のほうが描写しやすい。

杉並区の、かつて住んでいたあたりもどうかと考えた。けれど、あっちはごく普通の住宅街で、住むにはいいが刺激がない。事件が起こるとしても家族間の諍いや、男女の愛憎に絡んだドロドロしたものであろう。

一方中野は、何が起こるのかわからないし、何が起こってもおかしくない危うさがある。それゆえに、面白いものが書けそうだった。

もっと深部に入り込めば、アイディアが見つかるのではないか。これまでは名前の知られた、安い居酒屋でしか飲んだことがなかったが、ここはひとつ初めての店を開拓してやろう。

と、意気込んで狭い通りを歩いたのはいいけれど、店の様子を外から窺うだけで、なかなか中に入れない。いかにも常連客が幅をきかせていそうな感じがして、暖簾《のれん》をくぐりにくかった。

そんなことでは駄目だと、入りやすそうな店を探す。いつしか信充は、ふれあいロードと呼ばれる通りを歩いていた。

　そこは路面がブロック舗装になっており、幅が狭い。三人も横に並んだら、後ろから追い越すのは困難だ。前方から来るひととすれ違うときも、避けないと肩がぶつかりそうになる。

　だからふれあいロードなのかもと推察しつつ、北に向かって歩く。古い街並みが続く中、新しい三階建てのビルが目に入った。

（最近できた建物かな？）

　横幅があまりなく、各階に一店舗ずつ入っている。二階、三階の店には、横の外階段を使って上がるようだ。

　新しい店なら、常連もそれほど多くないだろう。これなら入りやすいかもと、信充はどんな店かを確認した。

　一階は格子戸に和風の暖簾で、いかにも割烹という雰囲気である。敷居が高いし、料理も値が張るのではないか。

　二階と三階の店は、階段の脇に案内の看板があった。二階は若者向けの店らしく、ＤＪやＭＣといった言葉が並んでいる。四十過ぎの自分が入ったら、それだけで奇異の目で見られそうだ。

残るは三階であるが、信充は店の名前に目を疑った。

（え、『愛人』？）

間違いなく漢字でそう書いてある。

これはスナックか、女性が接客するタイプの店に違いない。そう思って看板を見れば、英語でワインバーと書かれていた。

（ワインバーにしては、やけに色っぽい名前だなあ）

もしかしたら金持ちの二号さんが、お金を出してもらって店を始めたのか。いや、だったらそんなストレートな名前は付けまい。

店名に興味を惹かれ、信充は訪れてみることにした。特にワインが好きではなかったが、他の酒もあるだろう。

外階段を上れば、一段一段の奥行きが狭く、思ったよりも急だった。酔っ払ったらかなり危なそうだし、あまり飲まないようにしようと心に決める。まあ、痛飲できるほどの持ち合わせはなかったが。

三階に着き、建物の奥側にあるガラスのスライドドアを開ける。入ってすぐがカウンターであった。明るい色の木彫で、その向こうが厨房になっている。

「いらっしゃいませ」

はずんだ声で迎えてくれたのは、カウンターの中にいた女性であった。人好きのする明るい笑顔は、結婚しても人気を失わない美人女優に、どことなく似ている気がした。

年は三十代の半ばぐらいではないか。白いシャツにブラウンのエプロンというシンプルな装いながら、全身から色気が匂い立つようだ。

(なるほど、いかにも愛人っぽいな)

そんなことを考えて、ボーッと見とれていると、美熟女が首をかしげた。

「どうかされましたか?」

声をかけられて、ようやく我に返る。

「ああ、ええと——」

どこかに坐らなければと、信充は店内を見回した。

店の奥側——建物でいえば通り側になる——がテーブル席だ。四人掛けが四つほど、距離を取って配置されていた。

落ち着いた空間を演出するためか、照明は抑え気味である。それでも、大きなガラス窓と白壁のおかげもあり、明るく開放的な感じがした。

他にお客の姿はない。時刻は八時半を過ぎたぐらいで、最初に来店したお客が帰ったあとなのだろうか。

「テーブルがよろしいですか？」

訊ねられ、信充は「ああ、いえ」と首を横に振った。

「ひとりですので、カウンターで」

「では、お好きなところにどうぞ」

カウンターは、スツールも余裕をもって並べられている。信充は端からふたつ目に腰掛けた。

そこで初めて、カウンターの中にもうひとり、女性がいることに気がついた。おそらく、まだ二十代であろう。ショートカットに眼鏡と、顔立ちは地味である。おまけに笑顔も見せず、無表情だ。

エプロンはふたりとも同じ色であるが、年下の彼女のシャツは黒だった。とは言え、容姿に華がないから目に入らなかったわけではない。信充が美女に目を奪われたせいだ。

（店主と従業員、てところかな）

当然、年長の美女が店主であろう。彼女はお冷やとおしぼりをカウンターの上

に出すと、

「お客様、当店は初めてですよね？」

明るく問いかける。信充は「はい」と返事をした。

「では、今後とも当店を、よろしくお願いします」

彼女が名刺を差し出す。そこには店の名前と、住所に電話番号の他、代表として「浅井久実《あさいくみ》」という名前が印刷されていた。

（てことは、このひとが久実さんかな）

思ったのとほぼ同時に、

「わたしが、この店のオーナーの浅井です」

と、自己紹介をされる。

「あ、どうも。おれは高地といいます」

信充もとりあえず名乗った。

「よろしくお願いします、高地さん。ただ、わたしはオーナーといっても、従業員兼任ですので」

久実が照れくさそうに肩をすくめ、脇のもうひとりを振り返った。

「こちらは荻野《おぎの》みちるちゃん。お料理とカクテルを担当してるんです」

紹介され、ぺこりと頭を下げた地味な彼女の胸に、「荻野」と印字されたネームプレートがあった。

「みちる……平仮名でみちるですか?」

なんということもなく訊ねると、久実が「いいえ」と首を横に振った。

「未来の未に散るで未散なんです」

自分の名前が話題にされたのに、未散は何も反応しなかった。無表情の上に無口なようだ。

(見た目だけじゃなくて、性格も地味みたいだぞ)

いささか失礼な感想を抱いたところで、

「高地さんは、どなたかに紹介されてこちらへ?」

久実に質問される。

「ああ、いえ。たまたま通りかかって、どんなお店かなと思って」

「まあ、そうだったんですか」

意外そうな顔をされたから、そういうお客は珍しいのか。建物の三階で急な階段を上らねばならないし、ふらりと立ち寄る者はそういないのかもしれない。

もっとも、それればかりが理由ではなかったようだ。

「ここはワインバーですから、お客様は女性の方やカップルが多くて、男性がおひとりでっていうのは珍しいんですよ」

「ああ、そうなんですか」

「もちろん、ウチとしては来ていただけるだけでありがたいんですけど」

久実がテーブル席のほうをチラッと見る。

「特に平日はお客様が少ないので。さっきまで、二組ぐらいいらっしゃったんですけど」

やはり先客がいたようだ。

ここは駅から離れているため、前の通りもひとの往来は多くない。開店してまだ日が浅いようだし、常連客が増えるまでは経営も厳しいのではないか。

「でも、ワインバーなんてこのあたりではあまり見ないですし、名前が広まればお客は増えると思いますよ」

慰めるでもなく告げると、久実は「だといいんですけど」とうなずいた。

「それに、愛人っていう店の名前は、なかなかインパクトがありますから」

「え?」

美女にきょとんとされたものだから、信充は狼狽した。

（あれ、まずいことを言ったかな？）

おまけに、未散も顔を横に向け、肩を震わせたのである。どうやら笑いを堪えているらしい。

「あの……読み方が違うんです」

久実が困った顔を見せる。どういうことかと名刺を確認して、信充は「あっ」と声をあげた。

「愛人」という店名の上に、アルファベットで「ＡＩ－ＲＥＮ」と印字されていたのである。おそらく看板にも書かれていたのだろうが、見落としたようだ。

「し、失礼しました。ええと、あいれんって読むんですか？」

「ええ。中国語で恋人っていう意味なんです」

ワインの店に、どうして中国語の名前をつけたのか理解に苦しむ。久実だって言葉に訛《なま》りはないし、明らかに日本人なのに。

「あ、ひょっとして、旦那さんが中国の方なんですか？」

思いついて訊ねれば、女主人は「いいえ」と否定した。

「わたし、夫はおりません」

「あ、そうなんですか」

「まあ、正確に言えば、現在はってことになりますけど」

「え？」

「ところで、何をお飲みになりますか？」

久実がメニューを差し出す。ワインは種類が多く、それだけで冊子になっていた。開いてみればボトルの写真に、風味などの説明が添えられている。

(さすがワインバーだな)

その他の飲み物、ビールや洋酒、カクテルなどは、一枚の裏表にまとめられていた。種類は少ないが焼酎に梅酒、日本酒もあった。

食べ物のメニューも一枚だけである。写真付きで、料理の数は少ないが、けっこう美味しそうだ。

そして、酒も料理も、すべてが庶民的な価格であった。

「星印のついているワインは、グラスでもお出しできますよ」

説明されたものの、そのためにボトルを開けさせるのは悪い気がした。お客がたくさんいて、次々と注文があるのならともかく。

「ええと、とりあえずビールで」

海外の銘柄も豊富だったが、無難な国産のものを選んだ。

「はい。承知しました」

久実がグラスを準備し、未散が足元の冷蔵庫からビールの小瓶を出す。

「お待たせしました」

目の前にスリムグラスが置かれ、久実がビールを注いでくれる。

「あ、すみません」

信充は恐縮して頭を下げた。

女性にお酌をしてもらうなんて、離婚してからはなかったのではないか。そのため、照れくさくも胸がはずむ。

「たしかに、インパクトを狙ったところはありますね」

信充がビールをひと口飲んだところで、久実がうなずいた。

「え、何がですか？」

「お店の名前です。もともと中国語の『愛人』って言葉が好きだったんですけど、他の意味にとるひともいるだろうなとは思いました。それで注目されて、お客様に来ていただけるのならかまわないかなって」

信充は思惑どおりに興味を持ち、店を訪れたわけである。

（てことは、おれみたいなやつは、前にもいたのかな？）

質問しようとして結局やめたのは、もしも勘違いしたのが自分だけだったら、恥さらしもいいところだからだ。

「ええと、フードのお勧めはなんですか？」

話題を逸《そ》らすべく訊ねると、

「レーズンバターです。自家製なんですよ」

久実がにこやかに即答した。

「え、ここで作ってるんですか？」

「ええ、未散ちゃんが」

女性オーナーに笑顔を向けられても、無口な従業員は眉ひとつ動かさない。気難しい職人みたいだが、そのぶん腕が確かなのかもしれなかった。

「クラッカーとナッツもついてますから、おつまみにもぴったりですよ」

「じゃあ、それを」

「ありがとうございます。未散ちゃん、レーズンバターをお願いね」

「はい」

未散が初めて口を開き、信充はドキッとした。地味な外見から、声も暗くて低いのだろうと思っていたのに、綺麗な澄んだ声だったからだ。

(ちゃん付けで呼ばれてるし、けっこう若いのかな?)

二十代なのは間違いないようながら、正確なところはわからない。

「高地さん、お仕事は何をされているんですか?」

久実の質問に、信充は一瞬返答に詰まった。数年前なら、ミステリー作家であると誇らしげに答えたであろうが、売れなくなった今はどうにも恥ずかしい。そのため、

「えと、物書きをしています」

と、曖昧に答えた。

「物書き……あ、ライターさんですか」

「ええ、そうですね」

「すごいですね。雑誌とかに記事を書かれてるんですか?」

書評を書いているのは事実だから、信充は「ええ」と首肯《しゅこう》した。

「ひょっとして、ウチの店には取材に?」

グルメ関係の記事を書いていると思ったのだろうか。小説のネタを探していたのは確かながら、そこまで明かす必要はない。

「いいえ、ただ飲みに来ただけです」

「あら、そうなんですか」

久実はちょっとがっかりした面持ちを見せた。雑誌に載ればお客が来るのにと、期待したのではないか。

「そう言えば、さっき、今は旦那さんがいないようなことをおっしゃってましたよね？」

ふと思い出して訊ねると、久実が「ああ」とうなずいた。

「そうですね。今はいません」

「つまり、以前はいらしたと」

「ええ」

彼女の表情がわずかに曇る。まずい話題に触れてしまったのかと、信充は後悔した。

（久実さん、未亡人なのかもしれないぞ）

夫を早くに亡くし、悲しみの底から立ちあがろうとしている最中かもしれない。恋人を意味する店の名前も、亡き夫への想いを込めたものだとか。

ところが、

「別れたんです。浮気されて」

離婚したことばかりか、理由までも打ち明けられて面喰らう。

「あ、そ、そうなんですか」

「彼はもともと女好きなところがあって、結婚したら落ち着くかと思ったら、ちっとも治りませんでした。だから、諦めて縁を切ったんです」

やれやれという表情ながら、口調に迷いはない。もはや未練などなさそうだ。

(ていうか、こんな綺麗な奥さんがいて、どうして浮気する必要があるんだ？)

そういう意味でも別れた夫は、筋金入りの女好きと言えよう。

「離婚の原因は向こうなんですから、慰謝料をたっぷりとふんだくってやりました。男としてはクズですけど、稼ぎだけはよかったんです」

その慰謝料と、それまで蓄えたへそくり貯金を元手にこの店を開いたと、久実は楽しげに語った。

「わたし、こういうお店を持つのが、昔からの夢だったんです。結婚して一度は諦めたんですけど、そのおかげで資金が調達できたんですから、結果オーライですね」

「それじゃあ、ワインのことも以前から勉強されてたんですか？」

「いいえ。わたし、ワインの知識なんて全然ありません」

この返答に、信充は目をしばたたいた。

「え、だけど、メニューにはちゃんと説明が」

「卸しの業者さんからいただいたものを、そのまま載せてるんです。どんな銘柄がいいのかも、業者さんにお任せしました」

「知識がないのに、どうしてワインバーを？」

「お酒の店で困るのは、酔っ払いじゃないですか。特に男性に絡まれるのは懲り懲りなんです。結婚前にお勤めをしてたときも、上司のセクハラにうんざりしましたし、別れた夫も酒グセが悪かったんです」

「そうだったんですか」

「その点、ワインなら女性客が多いですし、皆さん、上品に飲まれるんじゃないかと思って」

要は店を持ちたかっただけで、提供するものにこだわりはなかったらしい。

「てことは、フードメニューも？」

「そうですね。こういうお店向けのカタログを見て、よさそうなものを選びました。加熱したり混ぜたりするだけの、簡単なものが多いんです。未散ちゃんはお料理は得意ですけど、プロの調理師さんじゃありませんから」

店の事情を隠すことなく伝えられ、信充はかえって戸惑った。今日が初めての客に、そこまで教えていいのかと心配になったのだ。

「でも、レーズンバターみたいに、ちゃんと手作りするものもあるんですよ。それに未散ちゃんは、カクテルも得意なんです」

「カクテルですか」

「ええ。是非お試しになってください」

そんなやりとりのあいだに、注文したものができたようだ。

「お待たせいたしました。レーズンバターです」

若い従業員が、相変わらずの無表情ながら、澄んだ声で黒いプレートを差し出す。輪切りにしたレーズンバターが整然と並び、クラッカーとナッツも添えられていた。

「レーズンバターはそのままでもいいですし、クラッカーに載せて食べても美味しいですよ」

久実の説明にうなずき、信充は出されたフォークを手に取った。市販のものより幾分大きめな輪切りの乳製品を、まずは単独で口にする。

（へえ）

バターはしつこくなく、レーズンの甘みと絶妙にマッチしていた。いかにも手作りふうな素朴さも感じられる。

「おいしいですね、これ。ビールにも合います」

称賛の言葉に、久実がそうでしょうというふうに頬を緩める。未散は表情を変えなかったものの、少しだけ目が細まったように見えた。

「ビールもいいですけど、ワインにはもっと合いますよ」

そんなことを言われたら、飲まずにいられなくなる。ビールも小瓶だったから、すでにグラスは空いていた。

「それじゃあ、グラスワインをお願いします。銘柄はお任せしますので」

委ねると、久実は「承知しました」と答えた。こういうときには何が相応しいのかぐらいは、わかっているようだ。

カウンターの下から、ワインのボトルが出される。開栓済みのものらしく、コルクではなく酸化防止のキャップが付いているのを見て、信充はむしろホッとした。新しいものをわざわざ開けられたら、心苦しいからだ。

久実は慣れた手つきでボトルを傾け、グラスにワインを注いだ。銘柄に詳しくなくても、扱うのはお手のものというふう。

「さ、どうぞ」

差し出されたのは、赤ワインだった。

「どうも」

信充は緊張を隠せずに、グラスを手にした。ワインなど滅多に飲まないから、ちゃんと味がわかるのか不安だったのだ。

口に含むと、葡萄の風味が鼻に抜ける。なるほど、ワインの味だと思ったものの、美味しいのかそうでないのか、まったく判断がつかない。

ただ、続いてレーズンバターを食べると、いっそう味わいが増したようだ。

「なるほど、よく合いますね」

感心して告げると、久実が「そうなんですよ」とうなずいた。

(うん。こういう店なら、気軽にワインが愉しめるな)

オーナー自身がワインに詳しくないから、小難しいウンチクを聞かせられずに済む。身構えることなく普通に飲めるというのが、酒の店では何よりなのだ。

「ところで、高地さんはおひとりなんですか?」

久実の問いかけに、ちょうどワインに口をつけていた信充は、危うく噎《む》せそうになった。

独り身であると、現状のみを答えればよかったのである。しかし、彼女に離婚したことや、その理由まで教えられたものだから、正直に言わないのはフェアではない気がした。

「――ええと、おれも以前は結婚していました」

「あら、それじゃあ、奥様とは?」

「別れました。まあ、おれは愛想を尽かされた側ですけど」

「浮気なさったんですか?」

「ち、違いますよ」

信充は、実はミステリー作家であることや、妻に反対されたのに会社を辞めたこと、人気がなくなって収入が激減し、養っていけなくなったことまで打ち明けた。アルコールが入って、いつしか饒舌になっていた。

「そうだったんですか……」

気の毒そうにうなずいた久実であったが、それ以上何も言わなかった。自業自得であり、慰める言葉が浮かばなかったのだろう。その代わり、

「じゃあ、わたしたち、バツイチのお仲間ってことなんですね」

と、共感の笑顔を向けてくれる。おかげで信充はずいぶん救われた。

2

互いの境遇を打ち明けあったからか、前から知った仲みたいに話がはずむ。気がつけば、午後十一時を回っていた。来店したのは九時前だったはずで、二時間以上も長居したことになる。

「あら、もうこんな時間」

時計を見て、久実が目を丸くする。それから、誰もいないテーブル席のほうを眺めた。

「今夜はもう、誰も来ないわね」

営業時間は零時までとのことだから、早々に閉めることにしたようだ。

「未散ちゃん、下の看板をしまってくれる?」

「わかりました」

未散が店の外に出る。階段を下りる足音が、小さく聞こえた。

(そうすると、おれもそろそろおいとましたほうがいいかな)

一見客が遅くまで粘るのは、図々しいと思ったのだ。

「じゃあ、おれもこれで――」

ポケットから財布を出しかけたところで、美熟女が眉をひそめる。

「まだよろしいじゃないですか」

「でも、もう閉店ですよね？」

「だからこそ、ゆっくり飲めますよ」

久実の意味ありげな返答に、心臓の鼓動が早鐘となる。

（それじゃあ、おれと飲むために、他のお客が来られないようにしたっていうのか？）

いや。さすがに考えすぎだろう。ところが、未散が戻ってくると、

「未散ちゃん、後片付けが終わったら、先に帰っていいわよ」

オーナーの指示に、若い従業員が「はい」と答えた。

（先に帰れって……久実さん、おれとふたりっきりになるつもりなんじゃ――）

美女と差し向かいで飲めるのは大歓迎ながら、今夜が初来店ということで、いいのかなと思ってしまう。

ただ、お互いバツイチ同士だ。悩みを打ち明け合いたいのかもしれない。未散は独身のようだし、話には加われないであろうから。

そして、後片付けといっても、することは多くない。二十分とかからずに作業は終了した。

「終わりました」

「お疲れ様。それじゃ、また明日よろしくね」

「はい。お先に失礼します」

はずしたエプロンをバッグにしまい、未散は一礼して店をあとにした。残されたのは、伴侶と別れた経験を持つ男と女——。

「テーブル席に移りません?」

久実がにこやかに提案する。

「え、テーブルに?」

「わたしも坐ってゆっくり飲みたいわ」

考えてみれば、彼女はカウンターの中で、ずっと立ちっぱなしだったのだ。

「あ、そ、そうですね」

「わたしもワインをいただいていいかしら?」

「ええ、もちろん」

信充はグラスワインをちびちびと飲んでいたが、久実はお冷やしか口にしていなかった。言われる前に勧めればよかったなと、己の気のきかなさが恥ずかしくなる。

ふたりはワインを手に、テーブル席へ移動した。そこは四人掛けだが、片側は椅子ではなく、壁に設置された簡素なソファーになっている。

「そちらへどうぞ」

勧められて、信充はソファーのほうに坐った。すると、エプロンをはずした久実が、隣に来たのである。てっきり向かい合わせになると思っていたのに。

(だからって、ヘンな気を起こすなよ)

自らに強く言い聞かせる。それは色めいた期待がふくれあがっている証であったろう。

女らしく肉づきのいい下半身を包むのは、白の七分丈パンツである。生地が薄手なのか、太腿のむちむち具合もはっきりとわかった。

魅惑の眺めに目を奪われそうになり、信充は慌てて視線を上に戻した。思わぬ展開に舞いあがっているのは自分だけで、彼女のほうには特別な感情などないのかもしれない。

(ま、そうだよな……同じバツイチってこと以外、おれには興味を持たれる要素

なんてないんだから）

売れなくなったミステリー作家なんて、なんの価値もない。自虐的になり、気分が落ち込みそうになったものだから、

「そう言えば、未散ちゃんは――」

と、信充は自分から話題を振った。

「え、なんですか？」

「いや、未散ちゃんって、久実さんともともと知り合いだったわけじゃないんですよね？」

「ええ。開店前に従業員を募集したんですけど、応募してくれたのは彼女だけだったんです」

「え、ひとりだけ？」

「今はどこの飲食店も人手不足みたいですし、来てくれただけでもありがたいです。わたしひとりだと、どうにもならないですし」

唯一の応募者だから、愛想がよくなくても採用したのか。もっとも、料理の腕は確かなようだし、準備や片付けなど手際もよかったから、いい従業員を雇ったとも言えよう。

「未散ちゃんって、いくつなんですか？」

「年のこと？　二十八歳です」

「ああ、なるほど」

「え、なるほど？」

「いや、若いとは思ってたんですけど、何歳なのか見当がつかなくて」

「たしかに、年がわかりづらいかもしれませんね」

久実は納得したふうにうなずいた。

「未散ちゃんは大学院を出て、しばらくお勤めをしてたそうですけど、勉強してきたことが仕事に活かせないから辞めたっていうんです。そのあとはアルバイトをしながら次の仕事を探していたとき、たまたまウチの募集を見て、ここならって応募してきたんです」

「それじゃあ、この店なら勉強したことが活かせると考えて？」

「いいえ。そもそも学んだことを仕事に活かせるのなんて、特別な資格を持つひとか研究者ぐらいなんだから、期待するだけ無駄だとわかったそうですよ。だから、自分の好きなこと、やりたいことをすることにしたって、最初の面接のときに言ってました」

アルバイトをする中で、未散はそのことに気がついたのかもしれない。

信充自身も大学は出ているものの、学んだ事柄が小説や書評の仕事に役立っているとは言い難い。ただ、すべての学びは執筆する上で、意識せずとも使われているはずである。それで充分なのだ。

「そうすると、お勤めを辞めたっていう点では、高地さんは未散ちゃんとお仲間なんですね」

言われて、信充は「いやでも――」と反論した。

「久実さんだって、結婚前に勤めてたと言ったじゃないですか」

「わたしは結婚するから、仕方なく退職したんです。自分で辞めようって決めたわけじゃありません」

そうすると、彼女は会社勤めに未練があったのだろうか。

「未散ちゃん、真面目でいい子だし、手先も器用だし、わたしはずいぶん助けられているんですよ。もともと料理は好きだったそうですけど、飲食店でアルバイトをしたときに、女の子は給仕しかやらせてもらえなかったから、自分でも腕を振るいたくなったみたいです」

「なるほど。それでこの店に」

「ええ。フードメニューも、未散ちゃんと相談して決めたんです」

ふたりはオーナーと従業員というよりも、対等なパートナーという印象である。だからこそ、未散もやり甲斐を感じているのではないか。

「そう言えば、高地さんっておいくつなんですか？」

「四十四です」

正直に答えると、久実が小さく首肯した。

「じゃあ、わたしと九つ違いなんですね」

そうすると、彼女は三十五歳なのか。別れた妻より五つ若い。

そのわりに、色気たっぷりなのはなぜだろう。そういうのは年齢とは関係なく、持って生まれたものなのか。

「そんなに年が離れている感じはなかったんですけどね」

「え、何がですか?」

「わたしと高地さん。上に見て四十歳ぐらいかなって思ってましたから」

そうすると、三十代後半ぐらいに見えていたのか。それはさすがにお世辞だろうと思ったものの、

「自由業の方って、お勤めをしている方よりも若々しいですよね。お仕事が大変

なのは同じなんでしょうけど、通勤のストレスがないから若見えでいられるのかしら」

「ああ、そうかもしれませんね」

信充は同意した。サラリーマン時代に味わった、通勤電車の過酷さが蘇り、我知らず顔をしかめる。芋を洗うみたいな混雑っぷりもさることながら、中央線は事故だの点検だのでよく止まったのである。

（たしかに、あれがなくなったぶん、ストレスはだいぶ緩和されてるかも）

それと引き換えに、収入が不安定で先が見えないというつらさを、身に染みて味わっているわけである。

「高地さんは、お仕事もご自宅でなさるんですよね？」

「だいたいそうですね。ご自宅なんて立派なところじゃなくて、家賃が安いだけが取り柄の、古いアパートですけど」

「気分転換に、お出かけになったりしないんですか？」

「んー、特には。散歩っていうほどでもなく、たまにぶらぶらと出歩くことはありますけど」

「じゃあ、アッチの処理はどうしてるんですか？」

久実の質問の意味が、信充はすぐに理解できなかった。真面目な顔つきだったし、あっちとはどっちだと、方角的なことしか浮かばなかった。

「え、あっちって?」

「奥さんと別れてから、夜の生活はどうしてるんですか?」

直接的な言い回しでなくても、今度は何を訊かれたのかわかった。要は性処理についてなのだ。

「いや、どうしてるって——」

「親しい間柄の女性がいらっしゃるんですか?」

「い、いません」

「じゃあ、わたしといっしょですね」

安堵した面持ちを見せられて、きょとんとなる。

「え、いっしょ?」

「わたしも夫と別れてから、ずっと寂しい夜を過ごしてきましたから」

そう言って、美熟女がじっと見つめてくる。濡れた瞳に吸い込まれそうな心地がして、信充は焦って視線を引っ剝がした。

ところが、隣に坐った彼女の、甘いかぐわしさが今さら鼻腔に忍んできて、ますます落ち着かなくなる。

(……ひょっとして、誘われているのか?)

いや、今日会ったばかりで、そんなうまい展開になるわけがない。いくらバツイチ同士で、共感するところがあったにせよ。

「わたし、夫とは同い年だったんです」

久実が掠れ声で言う。信充は恐る恐る、彼女のほうに顔を向けた。

「みんながっていうわけじゃないですけど、男のひとっていつまでも子供っぽいところがあるじゃないですか。だから、同い年だとどうしても頼りなく感じられて、わたしはけっこう厳しく接したんです。もともと軽薄なところがあったから。でも、そのせいで、あのひとは若い女と浮気したくなったんでしょうね」

久実がやるせなさげにため息をつく。気詰まりさを覚え、信充はワインで唇を湿らせた。

「……おれなんかも、そうだったのかもしれません。妻は先のことを考えて、会社を辞めないでと言ったのに、忠告を無視したわけですから。挙げ句、このザマですよ」

後悔を口にすると、彼女の柔らかな手が、太腿にそっと置かれる。

「でも、高地さんだって、充分に考えた上で決心されたんですよね？」

慈しむようにさすられると、ズボン越しでもたまらなく快い。それを表に出さぬよう、信充は平静を装った。

「それは、まあ……」

「だったら、奥さんも協力して差し上げるべきだったと思いますけど。そうすれば、高地さんもお仕事に集中できて、今とは違った結果になったかもしれませんよ」

作家として一度駄目になった身ゆえ、己の実力不足は嫌というほどわかっている。肩を持たれるのは嬉しかったものの、正直心苦しかった。

「いや、妻もちゃんと考えてくれたと思いますよ。先のことを見越して、勤めに出てくれたわけですし」

別れた妻を庇ったのは、久実の親密な態度を牽制するためもあった。これ以上進まれたら、道を踏みはずしてしまいそうだ。

（――いや、おれは独身なんだし、べつにかまわないじゃないか）

久実だって立場は同じなのだ。恋愛だろうが一夜の契りだろうか、自由にできるのである。

にもかかわらず、ためらいを禁じ得ないのは、やはり知り合って間もないからだ。もともと信充は、すぐに異性と親しくなれる性格ではない。元妻と知り合う前に付き合った女性も、ひとりだけだ。

もっとも、彼女が太腿に触れているのは、単なるスキンシップの可能性がある。いやらしい意図があるなどと、早合点しないほうがいい。

そう思い直したところで、久実の手が移動する。より股間に近いほうへと。

ビクッ——。

驚きと快感で、腰が反射的にわななく。背すじに電気が走った気がした。

「く、久実さん」

声をかけても、美熟女は涼しい面差しであった。ただ、瞳には妖艶な光が宿っている。

「それで、夜はどうしてたんですか?」

話題を戻され、喉がやたらと渇く。テーブルのワイングラスを手に取ろうとして、やめてしまったのは、指が震えて落とす恐れがあったからだ。

「どうしてって、何も……」

「え、何もしてなかったんですか?」

目を見開かれて、居たたまれなさが募る。いい年をして、溜まった欲望を右手で放出しているとは、さすがに言えなかった。

「いや、まあ、特には」

「オナニーも？」

ストレートな単語を口にされ、信充は絶句した。

あでやかな装いの女の子が隣に坐って水割りを作り、接客してくれるような夜の店でなら、際どいやりとりをしたことがある。ここも酒を提供する夜の店と言えるが、久実はホステスではなくオーナーなのだ。

それに、彼女はそういう猥雑な会話を好むタイプには見えなかった。だからこそ、混乱するほどに驚愕したのである。

(旦那さんと別れてから本当に何もなくて、欲求不満なのかな)

成熟した色気が匂い立つ女体は、男無しでは生きられなくなっているのか。などと、いささか失礼なことを考えたところで、またも美女の手が動く。

「う――」

信充は堪えきれずに呻いた。ほんのかすかなタッチながら、指が股間のシンボルに触れたのである。

「ここ、熱くなってますよ」

囁くように言われ、頭がクラクラした。

「久実さん……」

「ひどいわ、高地さん」

「え?」

「わたしが勇気を振り絞ってここまでしているのに、何もしてくれないなんて」

潤んだ目でなじられ、理性の箍《たが》が音を立ててはずれる。気がつけば、柔らかなボディをかき抱いていた。

濃厚になった甘い香りが鼻奥に流れ込み、脳に届く。幻惑される心地にひたり、信充は久実の唇を奪った。

「ンぅ」

ワイン風味の温かな吐息を感じて、全身が熱くなる。唇の蕩けるような柔らかさにも、感激がふくれあがった。

(おれ、久実さんとキスしてるんだ!)

実感が高まり、胸に激しい情動が湧きあがる。もっと深く繋がりたくなったが、舌を入れていいものかどうか、信充はためらった。さすがにそれはやり過ぎかと思ったのだ。

けれど、彼女のほうが待ちきれなかったらしく、舌を入れてくる。温かくて、トロリとした唾液を連れて。

そこまでされれば、もはや遠慮は無用だ。信充も自身の舌を絡みつかせ、ヌルヌルと摩擦し合った。

それにより、全身が熱くなるほどの昂りが生じる。

「むふっ」

鼻息がこぼれたのは、久実の手が牡のシンボルを握り込んだからである。揉むように刺激され、そこはたちまち力を漲らせる。

だったらと、信充も背中に回した手を下降させる。ボリュームのある尻肉を鷲摑みにし、指を喰い込ませた。

「――ふはッ」

久実がくちづけを解き、呼吸をはずませる。上気した面持ちを向けたまま、手はふくらみきった牡器官を愛撫し続けた。

「こんなに元気になるんだから、何もしてないってことはないですよね？」

もはや隠す必要はあるまい。

「ええ。自分でしていました」

正直に答えたものの、顔が熱く火照る。女性に自慰を告白したのなんて、生まれて初めてだった。

3

「見てもいいですか？」

許可を求めた美熟女は、返事を待つことなくベルトを弛め、ズボンの前を開いた。ブリーフのテントがあらわになり、頂上には早くも濡れジミができていたものだから、信充は羞恥に苛まれた。

（いや、昂奮しすぎだろ）

十代や二十代じゃあるまいし。久実もさすがにあきれているのではないか。

もっとも、彼女は一刻も早く、中身を確認したかったらしい。

「おしりを上げて」

ズボンに手をかけて言う。信充が戸惑うのもかまわず、半ば強引に引き下ろしてしまった。しかも、ブリーフごとまとめて。

ぴたん——。

ゴムに引っかかって勢いよく反り返った筒肉が、下腹を勢いよく叩く。みっともないほど頭部を赤く腫らしており、自らの浅ましさを露呈した気がした。

「すごいわ。こんなになってる」

ズボンとブリーフを足首まで落とすと、久実は目を瞠った。少しも迷いを見せず、猛るモノを握る。

「ううう」

うっとりする快さが、屹立の中心にまで染み込む心地がする。信充は呻いて腰を震わせた。

「これ、別れた旦那よりも硬いんじゃないかしら」

感心した口振りながら、褒められていると素直に受け止められなかった。むしろ、いい年をして場所もわきまえず、ペニスをギンギンにしていることが恥ずかしかった。

「見た目だけじゃなくて、ここもお若いんですね」

なんて言われると、ますます居たたまれない。

(だったら、おれもさわっていいんだよな)

一方的に辱《はずかし》めを受けるのは不公平だ。

信充は彼女のシャツに手をのばした。いきなり下を脱がせるのはがっつき過ぎのような気がして、まずはオッパイから拝もうとしたのである。

ところが、ボタンに指をかけるより先に、久実が身を屈める。手にした肉根の真上に、顔を接近させたのだ。

「オチ×チンって、こんなふうだったかしら?」

疑問をつぶやかれ、信充は分身を脈打たせた。彼女の息が亀頭にかかった気がしたからだ。

(ああ、そんな近くで……)

今夜はシャワーを浴びてから夜の街に出たものの、清めてからすでに四、五時間経っている。飲んで体温が上がったし、トイレにも入ったのだ。股間は蒸れた牡臭をさせているはずで、不快なそれを嗅がれるのではないかと、気が気ではなかった。

久実がいつ離婚したのか、信充は聞かされていない。だが、男性器の形状を忘れるぐらいに昔のことではあるまい。

というより、そもそも忘れるようなものではないだろう。こんなふうだったたかしらなんていうのは、自らの行動を正当化するための口実か、照れ隠しに違いなかった。

(それとも、旦那さんのとは、かたちが全然違うのかな?)

性器の形状はひとそれぞれである。とは言え、基本的な構造は一緒であろうから、疑問を覚えるほど異なってはいまい。まして、ペニスは女性器ほど複雑ではないのだから。

それとも、久実の夫は包茎で、亀頭が完全に隠れていたのだとか。などと、かなり失礼な想像をしたところで、彼女がさらに頭を下げた。

「むぅ」

張り詰めた粘膜に、温かく濡れたものが触れる。てろてろと動かされ、それが美女の舌であるとわかった。

「だ、駄目です、久実さん」

不浄の部位を味わわれ、信充は腰をよじって逃れようとした。けれど、強ばりきったモノの根元をしっかり握られていたため、ほとんど動けない。

さらに、膨張した頭部をすっぽりと含まれる。舌が躍り、飴玉みたいにしゃぶられた。

「ああ、あ、ううう」

快美に目がくらみ、膝がカクカクと震える。こんなことをさせちゃいけないと思っても、あまりに気持ちよくて抗えなかった。

フェラチオをされるのは、もちろん初めてではない。離婚した妻にもしてもらった。

しかし、別れる二年前ぐらいから、夫婦生活はなくなった。年齢的なこともあったが、仕事が下降線を辿り、そういう気持ちが失せたためもあった。

独りになってから風俗にも行ってないし、女性との肉体的なふれあいは、かなり久しぶりである。そのせいで、こんなにも感じてしまうのか。

いや、久実の口戯がそれだけ快かったのだ。テクニックがどうのというのではなく、舌づかいに情愛が感じられる。

おかげで、信充は爆発しそうになった。しなやかな指が、陰嚢《いんのう》も優しく揉んでくれたものだから、忍耐がたやすく役立たずになったのである。

「ちょ、ちょっとごめん。もうイッちゃいそうなんだ」

情けなく降参すると、陽根が解放される。久実は顔をあげ、意外だという面持ちを隠さなかった。

「え、もう?」

柔らかな手が、唾液に濡れた強ばりをしごく。それでも、絶頂が近いと言われたからか、ゆるゆると遠慮がちな動きであった。

「うん……もうずっと、こんな気持ちいいことをされてなかったから」

正直に白状すると、美貌が花のようにほころぶ。

「そんなに気持ちよかったの?」

「うん。最高だった」

ふたりの会話がくだけたものになる。ここまで親密になれば、他人行儀な言葉遣いは不要だ。

「みたいね。さっきよりも硬くなったわ」

指先でくびれの段差をなぞられ、くすぐったさの強い悦びが生じる。

「むうう」

切なさをあらわに呻くと、久実が嬉しそうな顔を見せた。

「あ、ここが気持ちいいのはいっしょなのね」

夫もそうされると、同じような反応を示したのか。くびれが露出していたのなら、包茎ではなかったらしい。

（ていうか、完全に包茎だとセックスはできないか）

いや、そんなこともないのかなと、どうでもいいことを考えていると、

「うふ、こんなにお汁が出てきちゃった」

含み笑いの声が聞こえる。見おろせば、鈴口に透明な雫が溜まり、今にもこぼれそうであった。

「これがいっぱい出るのも、若い証拠ね」

なんて言われると、自分はまだこれからなのだと、気概が満ちてくる。性的な能力に関してのみならず、創作意欲だって衰えていないのだと。

「久実さんの手が気持ちいいからですよ」

お世辞でもなく告げると、恥じらいの眼差しが向けられる。

「本当に？」

「うん。だから、さっきもすぐ出そうになったんだ」

分身を意識して脈打たせると、久実が目を丸くした。

「あん、ホントに元気」

無邪気な口調は年齢を感じさせない。男を知ったばかりの、好奇心旺盛な若い娘のようでもあった。

「高地さんのオチ×チンって、わたしの理想のタイプかも」

人柄でなく性器を好まれるのは複雑な心境であったが、そこだって自分の一部であることに変わりはない。

「どういうところが理想的なの？」

羞恥を包み隠して訊ねると、彼女が「んー」と首をひねる。

「やっぱり見た目？　アタマのところと、棒の部分のバランスがいいの。かっこいいって思うわ」

「かっこいいって……」

「あとは硬いところ。根っこががっちりしてて、頼りがいがあるわ」

そう言って、久実が指先でカウパー腺液を塗り広げる。亀頭粘膜をヌルヌルにツヤ光らせ、また白い歯をこぼした。

「赤くて綺麗な色だわ。ワインみたい」

内臓っぽい生々しさも、お洒落な酒に喩えられると、なんだかいい感じに見えるから不思議だ。

「本当に？」

「ええ。なんだか飲みたくなっちゃう」

告げるなり、彼女が再び上体を伏せる。天井を向いた肉器官を、さっき以上に深く口の中へと迎え入れた。

「あああ」

信充はのけ反って声をあげた。いきなりで心の準備ができておらず、あられもない反応をしてしまったのだ。

ちゅぱッ——。

強く吸われ、電撃を思わせる快美が体幹を伝う。喘ぎの固まりが喉から溢れ、呼吸が一瞬止まりかけた。

「く、久実さ——」

名前を呼びかけたのと、舌が回り出したのは、ほぼ同時であった。

「うあ、あ、くううう」

ふくらみきった頭部をピチャピチャとねぶられ、脳が痺れる心地がする。信充はソファーの上で剝き身の尻をくねらせた。

「だ、駄目、そんなにしたら」

目の奥に火花が散る。愉悦のトロミがペニスの根元で煮えたぎり、噴出をせがみだした。

しかも、久実は追い打ちをかけるみたいに、牡の急所まで揉んだのである。

（うう、ま、まずい）

限界が迫り、息が荒ぶる。彼女の中にほとばしらせるのは、時間の問題だ。

「もう出るよ。は、早く——」

口をはずすよう、信充は訴えたのである。ところが、舌がせわしなく律動し、筒肉に巻きついた指も忙しく上下する。意図したのと丸っきり逆の結果をもたらすことになった。

このまま続けたらどうなるのかなんて、もちろん久実はわかっているはず。なのに、咥えたまま離さないのは、

（ひょっとして、口の中に出させるつもりなのか？）

信充は焦った。さすがにそんなことはできない。いや、もしかしたら、彼女はそれ以上のことを求めているのかもしれない。

『なんだか飲みたくなっちゃう——』

さっき口にされた台詞が蘇る。あれはワイン色の亀頭を口に入れたいだけでなく、ザーメンを飲みたいという意味もあったのではないか。

久実とは今日、会ったばかりだ。しかも、ワインバーのオーナーと客という、

それだけの関係。

飲みながら会話がはずみ、気を許したのは事実である。ふたりだけになり、恋人同士のようにくちづけも交わした。同病相憐れむではないが、バツイチ同士、通じるところもあったようだ。

だからと言って、口内発射までさせるわけにはいかない。

「本当に、出る。あ、あ、もう」

切羽詰まった予告に、指の摩擦が強まる。早く出しなさいと促すように。

そうなれば、我慢するのは不可能だ。

「ああぁ、い、いく」

蕩ける悦びが全身に行き渡る。頭の中に靄がかかったと思うなり、屹立の中心を何かが貫いた。目のくらむ快美を伴って。

「んふ」

久実が鼻息をこぼしたのがわかった。口の中に広がる、粘っこい潮を感じたのだろう。

それに怯むことなく、脈打ちに合わせて秘茎を吸いたてる。

「うあ、あふ、むふふぅ」

ペニスのストローで吸われ、射精スピードが増す。快感も凄まじいものとなり、体内のエキスをすべて奪われるのではないかと恐怖すら覚えた。

おかげで、オルガスムスの波が去ったあとの脱力感も著しかった。

「ふはっ、ハッ、はあ」

なかなかおとなしくならない呼吸を持て余し、背もたれに身をあずける。余韻が長引き、からだのあちこちがビクッ、ピクンと、思い出したように痙攣した。

それは、勢いを失った器官を、久実がしつこくしゃぶっていたためもあったろう。

ようやく口がはずされ、彼女が顔をあげる。唇の端に、白い付着物がわずかにあったが、ピンク色の舌が見せつけるように舐め取った。

「いっぱい出たわ。ビュッ、ビュッて、かなり勢いよく」

妖艶な微笑に、頭がクラクラする。

「の……飲んだの?」

わかりきっていることを確認すると、久実が「ええ」とうなずく。

「濃厚で香りがよくて、美味しかったわ。もしかしたら、ウチのワインよりも好みかも」

もともと彼女は、精液を飲むのが好きだったのかもしれない。これまでも親密になった男の子種を、全身で受け止めてきたのではあるまいか。

などと、勝手なことを想像していると、久実が席を立つ。白いパンツに包まれた美味しそうなヒップが、ぷりぷりと揺れながら遠ざかるのを、信充はぼんやりと眺めた。

射精した直後でなかったら、おそらく情欲にまみれた視線を向けたに違いない。そう確信できるほど、煽情的なボトムラインだった。

キッチンのほうで水音がしたあと、彼女が戻ってくる。手には洗ったらしきおしぼりがあった。再び隣に腰掛けると、唾液と牡汁で湿ったペニスを丁寧に拭ってくれる。

「うう」

くすぐったい快さに、信充はうっとりして瞼を閉じた。

甲斐甲斐しく奉仕されるのが申し訳ない。だらしなく果ててしまったことも、今さら恥ずかしくなった。

陰嚢や、蒸れやすい腿の付け根部分も丁寧に清めると、

「もう一杯飲む?」

久実が訊ねる。目を開けると、優しい美貌があった。さっきまでの大胆さが嘘のような、清らかな微笑にドキッとする。

テーブルの上のワイングラスは、ふたつとも空に近くなっていた。だが、フルチンでワインを飲むのは、かなりみっともない。かと言って、ズボンとブリーフを引っ張り上げるのはためらわれる。

(これでおしまいってことはないよな？)

淫らなひとときはここまでなんて寂しすぎる。一方的に快感を与えられただけで、こちらは何もしていないのだ。

(これじゃ、おれが辱められたみたいなものじゃないか)

気持ちよくしてもらった恩も忘れ、久実に対抗心を燃やす。是非とも一矢《いっし》報いたいと、信充は無言で彼女の下半身に手をかけた。

「え？」

戸惑った面差しを向けられ、怯みそうになる。どうしてそんなことをするのかと、咎められている気がした。

しかし、ここで引き下がったら、間違いなく後悔することになる。

(おれだって、ちゃんとお返しをしなくちゃいけないんだ)

自らに言い聞かせ、白いパンツの前ボタンをはずす。何をされるのか、久実もわかっていたはずだが、抵抗しなかった。

そして、信充がボトムに両手をかけると、重たげな尻を浮かせて協力したのである。

（久実さんだって、したいんだ）

寂しい夜を過ごしてきたと、思わせぶりなことを口にしたり、信充が何もしないのをなじったりしたのだ。端《はな》っから、その気になっていたのである。

ということは、この場で肉体を繋げることになるのか。セックスをするにはソファが狭いから、対面座位がよさそうだ。

などと、先の展開を思い描き、鼻息が荒くなる。萎えていた肉茎も、少しずつ重みを増してきた。

本当は、一枚ずつ脱がせるはずだったのである。ところが、白いパンツはぴっちりと熟れ腰に張りついていたため、中の下着も一緒にずり下がってしまった。

（ええい。だったらいいや）

こちらはすでに、下半身をあらわにしているのである。同じ格好になってもらわないと、フェアではない。

女らしくむっちりした太腿をくだるときに確認すると、パンティも白で、かなり薄手のようだ。アウターに響かないよう選んだのであろう。裾もレースで、ラインが目立たないものだった。

途中、どこまで脱がせればいいのかと、信充は迷った。こちらはズボンもブリーフも足首のところで止まっているが、同じく中途半端にするのは、かえって恥ずかしいのではないかと思えた。

（完全に脱がせたほうがいいな）

そのほうが、次の行為にも進みやすい。信充は業務用のシューズも脱がせ、美熟女の下半身をすっぽんぽんにした。

「もう……」

さすがに恥ずかしくなったのか、久実が頬を赤らめる。恨みがましげに睨んできたが、信充はそんなことよりも、色濃く漂う酸味臭に心を奪われた。

（ああ、これが）

剝き身になった女芯が放つ、なまめかしいかぐわしさ。どこか動物的なのに、無性に惹かれるのはなぜなのか。

別れた妻の秘臭にも、付き合い始めの頃は大いに惹かれた。けれど、結婚し、セックスが当たり前になると感動も薄れ、シャワーのあとでないとクンニリングスもためらうようになった。

別れる前は夜の営みもなくなっていたし、女性の飾らないパフュームから遠ざかっていたから、こんなにも胸が高鳴るのか。

加えて、下だけを脱いだ姿は、オールヌード以上に煽情的だ。ワインバーの店内という、本来なら肌を晒さない場所であることも、エロチックな印象を高めているようである。

(アソコを見たい)

それだけでなく、いやらしい匂いをもっと間近で嗅ぎたくなる。信充は久実の膝を離させると、頭の位置を下げた。

「何をするの？」

ストレートな質問を投げかけられ、動きが止まる。顔をあげると、彼女は怪訝《けげん》そうな面持ちでこちらを見つめていた。

「いや、何って」

「オマ×コを見たがる年でもないでしょ」

禁断の四文字をさらりと口にされ、心臓がバクンと大きな音を立てた。さっきもオナニーと言ったし、もともと性的な発言に躊躇しないのであろうか。

「そ、そういうんじゃなくて──」

弁明しようとして、信充は言葉に詰まった。さすがに、アソコの匂いを嗅ぎたいとは言えない。

「おれも、お返ししなくちゃと思って」

「お返しって、オマ×コを舐めてくれるの？」

またも露骨な単語を使われ、どぎまぎする。

「う、うん」

「ありがたいけど、遠慮しておくわ。だって、シャワーも浴びてなくて汚れてるんだもの」

「いや、でも、おれのだって洗ってなかったのに──」

不満を口にしても、久実は言ったことを曲げなかった。

「男と女は違うのよ」

何がどう違うのかを説明せずに、きっぱりと拒む。そうなると、無理強いはできなかった。おまけに、

「だから、今は手で気持ちよくして」

右手を取られ、秘苑へと導かれる。そこまでお膳立てが整えられれば、他のことはできなかった。

(『今は』ってことは、次はきっと……)

彼女の言葉に期待を繋げ、指の絡みつく秘毛の真下、湿ったクレバスをまさぐる。窪みに沈めると、指先にヌルヌルしたものが絡みついた。

しかも、その部分は外気に触れたあとにもかかわらず、熱く火照っていた。

(ああ、こんなに)

男を求め、息吹いているよう。フェラチオをしながら、いや、その前から、肉体が疼いていたに違いない。

「あん」

甘えた声が、かたちの良い唇からこぼれる。同時に、中心部分がキュッとすぼまった。

感じているとわかり、胸が躍る。もっといやらしい声を聞きたくなり、信充は指を細やかに動かした。

「あ、あっ、そこぉ」

敏感な部位を刺激されたらしく、嬌声が甲高く響く。肉感的な太腿が閉じ、愛撫する手指を強く挟み込んだ。

やめてと拒んでいるわけではない。むしろ、もっとしてほしいのだ。

こぼれる甘い吐息に誘われて、信充は久実と唇を重ねた。舌を絡める濃厚なくちづけを交わしながら、愛液にまみれた指も動かし続ける。

「ん……ンふぅ」

彼女が切なげに小鼻をふくらませる。ソファーの上で艶尻がくねり、体温も上昇してきたようだ。

正直な反応に、信充も劣情を煽られる。股間も疼きを帯び、ペニスがいっそう膨張しているのがわかった。

そこに、柔らかな指が巻きつく。

「むふッ」

歓喜の鼻息がこぼれる。しごかれる分身が増量し、時間をかけることなく完全復活した。

（うう、気持ちいい）

勃起したことで快感が高まる。それにより、舌づかいと指づかいが、自然とねちっこくなった。

（おれたち、すごくいやらしいことをしてる――）

閉店後のワインバーで、悦びを与え合う男と女。いかにも欲望にまみれた交歓である。

キスをしながらの愛撫は、心情的な満足度も大きい。セックスをしていなくても、身も心も深く繋がった心地がする。

「ん、んんっ、むふっ、ふふふぅ」

重なった唇からこぼれる息は、もはやどちらのものなのかわからない。ふたりとも一直線に高まり、いつの間にか裸の脚も絡ませていた。

（あ、出る）

唐突に訪れたオルガスムスに戸惑った直後、久実がくちびるを解いた。

「ふは――あ、あっ、イクイク、イッちゃう」

あられもなく絶頂を告げ、半裸のボディを強ばらせる。手にした筒肉を強く握り、それが射精への引き金となった。

「むううう」

目のくらむ歓喜にひたり、信充は粘っこい体液を放った。それはふたりの脚に落下し、肌を淫らにヌメらせる。

「はあ、は……ハァ」

荒い息づかいがおとなしくなるまで、ふたりは互いの性器に触れたまま、悦楽の余韻に身を委ねた。甘酸っぱい体臭と、ザーメンの青くささにも包まれて。

第二章　やさぐれOLの匂い

1

あんなことをしたあとで「愛人」を訪れるのは、さすがにためらわれた。本音としては、すぐにでも久実と続きをしたかったものの、いい年をしてがっついていると思われるのは本意ではなかった。

かと言って、あまりあいだを空けすぎたら、彼女は弄《もてあそ》ばれたように感じるかもしれない。正確に言えば、弄ばれたのは信充のほうだけれど。

だとすると、早く再会したほうが、安心してもらえるのではないか。そうすれば久実も心を許し、こちらから求めずとも、望んだ展開になると予想される。

(ええい、どのぐらい間隔を空ければいいんだ)

これまで、お店の女性と親しくなった経験がないから、そういう手練手管など持ち合わせていない。信充は悩んだ挙げ句、週明けに夜の中野へと繰り出した。

月曜日を選んだのは、お客が少ないと踏んだからである。他に誰もいなくて閉店まで過ごせば、久実はきっと未散を先に帰し、またふたりっきりになれるであろう。そうなることを目論んで、午後九時を回ってから出かけた。

もっとも、今回も店でということになると、前と変わらず愛撫を交わすだけで終わってしまう公算が大きい。

(だったら、他の場所か……)

しかし、付近にラブホテルはない。自宅に連れ込むという手もあるが、独身男の侘しい部屋など見られたくなかった。

久実の住まいが近くにあればそこでと都合よく考えながら、ふれあいロードを歩く。ウィークデイでも駅前は賑わっているが、こちらまで来るとひと通りは少なくなる。それでも、店によっては大勢の客が入っていた。

今夜も閑古鳥が鳴いているといいなと、オーナーには縁起でもないことを期待しつつ、急な外階段を上がる。しかし、入り口のスライドドアに手をかけたところで、店内から洩れる笑い声に気がついた。

（チッ、先客がいたか）

やれやれと思ったものの、今さら引き返せない。早くから飲んでいるのであれば、先に帰ってくれるだろうと願いつつ、信充はドアを開けた。

カウンター席には、客の姿はなかった。声高な談笑は、テーブル席から聞こえてくる。

「いらっしゃいませ」

声をかけてくれたのは、未散だった。久実はカウンターの中にいない。

「どうも」

頭を下げ、カウンターの椅子に腰掛ける。テーブル席のほうを見ると、サラリーマン風の男が四人と、女性がひとり、テーブルをふたつ占領していた。

こちらに背中を向けていたものの、女性が久実であることはすぐにわかった。前回と同じで、白いシャツにエプロンを着けていたからだ。

どうやら常連客が来て、相手をしているらしい。開店して間もない店に、贔屓にしてくれるお客は、それこそ神様にも匹敵する存在であろう。

だったら仕方ないかと、心の中で嘆息したところで、目の前にお冷やとおしぼりが出された。

「また来てくださったんですね。ありがとうございます」

未散がニコリともせずに言う。お礼を述べられても、相変わらずの無表情だから、本当に歓迎されているのか疑わしい。

「今日は賑やかだね」

テーブル席のほうをチラ見して言うと、彼女が「そうですね」とうなずいた。

「いちばん奥に坐っている方が、開店してすぐぐらいから、よく来てくださっているんです。だいたいいつも、お友達や会社の同僚とごいっしょで、その方々も別の知り合いを連れてきてくださるので、とても助かってるんです」

それはもう、理想的と言っていい上客ではないか。おそらく久実も感謝しているに違いない。だからこそ、そういう店でもないのに、同じテーブルで接客しているのであろう。

店に利益をもたらす常連客の顔を、信充は確認しなかった。知ったところでどうなるものでもないし、知り合いひとり連れてこられない身では、劣等感を募らせるだけだ。

何より、久実が得意客と親しげにしているところなど、見たくなかった。

「あのお客さんたちは、早い時間から来てるの？」

さっさと帰ってくれることを期待して訊ねたのであるが、

「いいえ。先ほど見えられたばかりですよ」

未散の返答は無慈悲なものであった。

「ああ、そうなんだ」

「他で飲んでから、ここへいらしたみたいです。特に男性はそうだと思うんですけど、一軒目からワインバーへは行かないじゃないですか。この店も、二軒目か三軒目にいらっしゃる方が多いんですよ」

「なるほど」

「ですから開店後よりも、遅い時間のほうがお客さんがいらっしゃいますね。高地さんもそうでしたけど」

だが、先日の信充は二軒目ではなかった。どこに入ろうか迷っていたから、八時半を過ぎたのである。

「でも、あの日はおれのあとに、誰も来なかったね」

「まあ、そういう日もあります」

未散がメニューを差し出す。

「今日は何を飲まれますか?」

「ええと」

アルコールのメニューを開こうとして、信充は手を止めた。

「赤ワインをグラスで。銘柄は任せるよ。それから、レーズンバターを」

注文すると、未散が少しだけ頬を緩めたように見えた。お勧めで、しかも彼女の手作りを求められたから、嬉しかったのだろうか。

「承知しました」

返事の声もはずんで聞こえた。

テーブル席の楽しげな会話が気になり、ついそちらに視線が向く。久実の顔はやはり見えなかったが、肩が細かく上下しているから笑っているようだ。

(おれが来たのも気がついてないんだな)

寂しさが募る。唇を重ねて愛撫を交わし、同時に昇りつめた彼女との隔たりを感じて、信充はやり切れなかった。

しかも、彼らがいるのは、久実とふたりで飲んだテーブルだ。大切な思い出がなかったことにされた気がして、苛立ちもこみ上げる。

とは言え、自分はここへ来たのがまだ二回目の、付き合いの浅い客なのである。

あのときは、バツイチ同士で傷を舐め合っただけで、心から親密になれたわけではなかったのだ。

「お待たせしました」

先に赤ワインが出される。信充は「ありがとう」と礼を述べ、グラスの脚を手にした。

すると、未散が探るような目を向けてくる。

「え、なに?」

驚いて訊ねると、彼女は首を横に振った。

「いえ、べつに」

素っ気なく答え、皿を準備する。

(ひょっとして、おれがテーブル席のほうを見てたから、怪しんだのか?)

嫉妬に満ちた眼差しを悟られた恐れがある。そのため、前のときに久実と何かあったのかもと、勘繰ったのではないか。

要らぬ詮索をされぬよう、注意したほうがよさそうだ。信充は舐めるようにワインをちびちびと飲みながら、レーズンバターを待った。テーブル席のほうは見ないようにして。

そのとき、後方のスライドドアが開く。

「いらっしゃいませ」

未散が顔をあげて言った。新たな来店者のようだ。

(本当に、遅い時間のほうがお客が来るんだな)

それとなく振り返り、どんなひとか確認しようとしたとき、その人物が隣に坐ったものだからギョッとする。

カウンター席には信充だけで、スツールはいくつも空いている。こういう場合、先客から離れて坐るのが一般的ではないのか。

もちろん、知った仲なら別である。しかし、信充には中野の飲み屋で居合わせるような知り合いなどいない。

事実、隣に腰掛けたのは、若い女性だった。もちろん初対面である。

上下ともグレイのパンツスーツ姿だから、ＯＬであろうか。明るい茶色に染めた髪はサラサラのストレートで、鼻筋の通った美貌の持ち主だ。ワインバーのカウンターに、軽く肘をついたポーズが絵になる。

時間からして、他で飲んできたのは間違いあるまい。しかも、すでにできあがっている様子である。横顔でも、目が据わっているのが見て取れた。

「オーナー、カウンターをお願いします」

未散が声をかける。「はーい」と返事があり、二言三言、常連客と話してから、久実がこちらに来た。

「高地さん、いらっしゃい」

カウンターの中に入ると、まず信充に声をかけてくれる。それも、優しい微笑を浮かべて。驚いた様子がないから、来ていたとわかっていたのだ。

おかげで、常連客たちに抱いていた妬みが、すっと消える。

「ええと、こちらは初めてのお客様ね」

信充にそうしたように、久実が若い女性客に名刺を差し出す。店のオーナーであることも含めて名乗り、未散も紹介した。

「ご丁寧にどーもー」

いかにも酔っているふうな受け答えをした女性が、バッグの中を探る。彼女も名刺を出して、久実に渡した。

「ええと、鷹橋《たかはし》祥江《さちえ》さん。あら、丸の内の会社にお勤めなのね」

うなずいた久実が、名刺をそれとなく見せてくれる。社名は信充も知っている一流企業だった。

だが、それよりも気になったことがある。

(鷹橋……珍しい苗字だな)

東京では見ないし、地方から出てきたのかもと推測する。

「お住まいは中野なんですか?」

「ええ」

「そうですか。今後とも当店をよろしくお願いしますね」

祥江はそれには答えず、店内を興味深げに見回した。酔っているせいか、かなりマイペースだ。

「お待たせしました」

未散がレーズンバターの皿を出してくれる。

「あら、美味しそう」

真っ先に反応したのは、祥江であった。そして、信充の前にあるワイングラスに、今さら気がついたらしい。

「そっか、ここってワインのお店なのね」

どうや彼女は、ワインバーと知らずに入ってきたようである。これはもう、泥酔に近いのかもしれない。

（まあ、でも、あの階段をちゃんと上がってこられたのなら、足腰はしっかりしているみたいだな）

今も背もたれのないスツールに腰掛けているのに、背すじがしゃんとしている。まだ二十代の半ばぐらいであろうが、酒に強いのかもしれない。それこそ、酒飲みの多い田舎で鍛えられたのではないか。

出身地も定かでない若い娘のことを、信充はあれこれ想像した。こんな綺麗な女性がひとりで飲み歩くのも珍しい。そのため、関心を抱いたのである。

もっともそれは、異性として惹かれたわけではない。あくまでも小説家としての興味であった。

「じゃあ、ワインをください。グラスで。ええと、白なら何でもいいわ」

祥江のオーダーに、久実が「承知しました」と答える。それから、信充にそっと目配せした。酔っぱらいに絡まれないでと伝えたかったようである。

実際、祥江は人なつこく、遠慮がなかった。元来の性格か、酔っているためなのかは不明ながら、

「それ、ひとつもらっていい？」

と、まだ名乗ってもいない信充に声をかけてきたのである。

「え？　あ、ああ、どうぞ」

戸惑いつつ了承すると、「ありがと」と無邪気な笑顔を見せる。そして、レーズンバターのひとつを指で摘まみ、口に入れた。

「あ、美味しい」

屈託のない感想を述べ、何度もうなずく。かなり気に入った様子だ。

「どうぞ。こちらは、シンプリー・シシリー・シャルドネになります」

久実が白ワインの注がれたグラスを、祥江の前に置く。それから、

「レーズンバターがお気に召したのなら、お出ししましょうか？」

と訊ねた。

「ううん。ひとりだと食べきれないし」

祥江は素っ気なく首を横に振り、ワイングラスに口をつけた。それから、いいことを思いついたというふうに、信充に向き直る。

「ねえ、それ、シェアしない。ちゃんと割り勘で払うから」

「え？　あ、でも」

「うん。それなら他のものも食べられそう」

了承の返事を待つことなく、彼女がフードメニューを手に取る。そうすること

に決定したようだ。

たしかに誰かと分け合えば、多くのメニューが愉しめる。信充にも異存はなかったものの、勝手に決められるのはいい気分ではなかった。とは言え、酔っぱらいには何を言っても無駄だというのは、これまでの経験でわかっている。

（ま、しょうがないか）

諦めて嘆息したとき、久実の視線に気がつく。どこか不満そうに眉根を寄せていたものだから、思わず首を縮めた。

（まずかったかな……）

女性なら誰でもかまわず気を許す、節操のない男だと思われたかもしれない。

「未散ちゃん、こっちはよろしくね」

久実はそう言い置いて、またテーブル席に戻った。

美熟女ともっと親密な関係になるつもりで来たのに、気を悪くさせてしまったのか。信充は安易に流されてしまう自身を恥じた。

一方、祥江は、初対面の男を落ち込ませたなんて思いもしないようだ。

「これ、帆立のクリーム煮をちょうだい。ワインに合いそうだわ」

と、上機嫌で注文する。

「承知しました」

初見の女性客の図太さに、未散もあきれたらしい。オーダーを受けつつ、眉間のシワを深くした。

もちろん、祥江は少しも気にした様子がない。

「それじゃ、乾杯」

自分のワイングラスを、信充のほうに差し出した。

「あ、ど、どうも」

ほとんど操られるみたいに、グラスを軽くふれあわせる。そんなところを、未散がじっと見ているのに気がついて、信充はますます居たたまれなくなった。

2

「ええと、お勤めの帰りなんですか？」

その場しのぎに、ごくたわいもない質問をしたつもりだった。ところが、不意に祥江が面差しを曇らせたものだからドキッとする。

（え、何かまずいことを訊いたっけ？）

だが、彼女は求められずとも名刺を出し、丸の内勤めであることははっきりしている。特に不躾な問いかけではないはずだ。

「そうね……勤め帰り」

いかにも忌々しげな口調で、祥江が絞り出すように言う。勤務先のことなど話題にもしたくないという感じだ。

（ひょっとして、会社で嫌なことがあったのかな？）

いや、そんな生易しいことではないと見える。それこそ、積年の恨みでもあるかのようだ。

これは別の話題に変えたほうがよさそうだ。信充はさっき抱いた疑問を思い出し、彼女に訊ねた。

「ご出身はどちらなんですか？」

これに、祥江は眉をひそめつつも、「北海道よ」と答えた。思ったとおり、地方出身者であった。

もしかしたら、故郷を遠く離れた寂しさもあって、気持ちが荒んでいるのだろうか。そんなふうに想像したとき、

「ひょっとして、わたしが田舎者だって馬鹿にしてるの？」

鋭い目つきで、思いも寄らない難クセをつけられる。信充は目が点になった。

「い、いや、そんなことは――」

「それとも、女だから役に立たないっていうの？」

誰もそんなことは言っていない。言いがかりも甚だしい。

しかし、彼女の不満の根幹は、おぼろげながら見当がついた。

（この感じだと、女性だからって舐められてるか、東京に馴染めずにいるんじゃないか？）

実際に上司や同僚から何か言われているのか、それとも地方出身のコンプレックスのせいで溶け込めないだけなのかはわからない。どちらにせよ思うようにいかず、鬱憤が溜まっているのは間違いあるまい。

だからと言って、何があったのかを訊ねたら、火に油を注ぐことになりかねない。ここは話を逸らすのが身のためだろう。

「まあ、とりあえず、これをどうぞ」

レーズンバターの皿を押しやると、祥江がうなずく。フォークを使わずに指で摘まみ、今度はクラッカーに載せて食べた。

（これでおとなしくなるかな）

安堵してワインに口をつけ、信充はテーブル席のほうをそれとなく見た。

久実はさっきと同じくこちらに背を向けて、常連客たちと談笑しているようだ。前に来たとき、これ以上はないぐらい近い存在になれた気がしたのに、今は実際の距離よりも遠くなった気がする。

彼女がこの店のオーナーなのは百も承知だし、得意客を接客するのは当然なのである。なのに、胸にモヤモヤが燻るのは、祥江に対してきっぱりした態度を見せられず、愛想を尽かされた気がしたからだ。

（だらしない男だって思われちゃったんだろうな）

いい年をして、若い娘のひとりもあしらえなかったのだ。見下げられても仕方がない。

テーブル席に戻る前の、冷たい眼差しが脳裏に蘇り、やり切れなさが募る。今日は最後までと期待していたのに、すべてが無に帰してしまった。

まだそうと決まったわけではないのに、これでおしまいだという思いが強く、少しも気が晴れない。信充はヤケ気味にワインを飲み干し、おかわりを頼もうとしたところで目を疑った。

（え？）

なんと、レーズンバターのお皿が、いつの間にか空になっていたのである。クラッカーとナッツも、すべて無くなっている。

そして、祥江はと言えば、ワイングラスに口をつけ、満足げに喉を上下させていた。

（いや、シェアするんじゃなかったのかよ）

ひとりだと多すぎるようなことを言っていたのに。そもそも、信充はひと切れも食べていないのだ。

「これ、同じのおかわり」

おまけに、ワインのほうも二杯目を注文する。

あきれる信充の視線など、彼女は気にも留めない様子だ。新たなワインを受け取り、続いて未散が帆立のクリーム煮を出すと、目を輝かせた。

「あ、こっちも美味しそう」

深めの皿を自分の前に引き寄せ、スプーンを手にする。白いスープを掬い、わくわくした顔つきで口に運んだ。

「うん、美味しい」

満足げに目を細め、二口目をすする。帆立の身に舌鼓を打ち、ワインをごくごくと飲んだ。

「あー、やっぱり白ワインが合うわね」

偉そうにうなずく若いＯＬは、クリーム煮を信充に勧める気配など微塵もない。ひとりで平らげるつもりらしい。

だったら割り勘にする必要はなさそうだ。かえって気楽だと、信充はワインのおかわりを頼もうとした。

「ねえ、ちょっと」

声をかけられて隣を見れば、祥江がこちらに顔を向けていた。それも、明らかに不愉快そうな目つきで。

（え、なんだ？）

信充は思わずのけ反った。何かまずいことでもやらかしたのか。うろたえたものの、身勝手な行動でこちらを困惑させたのは彼女である。

しかも、そのせいで久実の不審を買ったのだ。

「なんですか？」

怒りがこみ上げ、いささか喧嘩腰で応えても、祥江は怯まなかった。むしろ、対抗するように身を乗り出してくる。

「あなた、どこかに勤めてるの?」

「いや、自由業だよ。まあ、以前はサラリーマンをしてたけど」

この返答に、彼女の目がキラリと光った気がした。

「てことは、あなたも女の子にセクハラをしてたのね」

唐突な決めつけに、信充は唖然となった。

(え、セクハラ?)

会社員時代に、特に飲み会の席で、酔いに任せて性的なジョークを口にする上司ならいた。女子社員たちは、表面上は笑顔でたしなめつつ、裏で軽蔑していたのも知っている。

その上司を悪い見本と捉え、信充自身はセクハラなどしまいと心に決めていた。

また、プライベートに踏み込まないようにと、発言にも気を配った。

それゆえ、どうして祥江がそんな発言をしたのか理解に苦しむ。

(てことは、鷹橋さんはセクハラの被害者なのか?)

会社で嫌な目に遭っているものだから、被害妄想に陥っているのかもしれない。

だからと言って、自分もそうだと思われるのは心外だ。

だいたい、つい今し方まで、上機嫌で飲んでいたのである。どうしていきなり態度が豹変したのかもわからない。いくらなんでも情緒不安定すぎる。

(ひょっとして、絡み酒なのかも)

酔うといつも、誰かに喧嘩を吹っ掛けるのだとか。だとすれば、セクハラと同じぐらい始末が悪い。

「ねえ、そうなんでしょ」

鋭い目つきで迫られ、信充は怯みそうになった。しかし、そんな言いがかりを認めるわけにはいかない。

「おれはセクハラなんて、ただの一度もしたことがないよ」

きっぱり告げたものの、彼女は馬鹿にしたようにフンと顎をしゃくった。

「嘘ね。あなたの顔、セクハラ顔だもの」

どんな顔だよと、心の内でツッコミを入れる。どちらかと言えば、人畜無害のほうなのに。

「どうせ、女なんてヤルだけの生き物で、欲望のはけ口ぐらいにしか考えていないんでしょ」

そんなことはないと否定しようとして、信充が言葉を失ったのは、この店に来た理由を思い出したからである。

（おれ、久実さんとセックスがしたくて、ここに来たんだよな……）

愛撫を交わした美熟女を、ヤルだけの生き物だなんて貶めていたつもりは毛頭ない。ただ、欲望のはけ口にするつもりがなかったのかと問われると、ノーと言えない気がした。

そのため、黙りこくってしまったものだから、祥江はそれ見ろというふうに声高で罵った。

「やっぱりそうなのね。あんたたちみたいな東京の男にとって、それこそ地方から来た女の子は、股を開いてやってきたカモなのよ。騙して弄んで、飽きたらポイッてゴミくずみたいに捨てるだけ。まったく、血も涙もないわ」

あるいは彼女自身が、そういう憂き目に遭ったのか。口調に実感がこもっているようだ。

「ううん、男だけじゃないわ。都会の女なんて、みんなお高くとまって、田舎者を蔑んでるのよ。大して仕事もできないくせに、チャラチャラと飾り立てることだけいっちょ前で、そうして男に媚びを売りまくって、仕事の評価を得るんだもの。ずるいんだから」

祥江の攻撃は同性にも向けられる。普段からかなりのストレスを抱え込んでいることが窺えた。

それを発散する相手を見つけたと思ったのか、彼女は次第に声高になった。

「こっちは必死で勉強して、わざわざ北海道から出てきたっていうのに、どうしてバカなやつらのせいで苦しまなくちゃいけないのよ。まったく、理不尽すぎるわ。一回、性別や出身地で差別される身になってみなさいよ。そうだわ。そんなやつら、まとめてアメリカやフランスに送り込んで、白人たちから差別されればいいんだわ。日本人なんて、彼らからすれば全員イエローモンキーなんだもの。あ差別されて涙のひとつもこぼせば、ちょっとは理解できるんじゃないかしら。あと、セクハラオヤジはアメリカの刑務所に入って、屈強な犯罪者たちからオカマを掘られればいいのよ」

それこそ偏見と差別に満ちた憎悪の言葉を、祥江が憑《つ》かれたように喋りまくる。

信充は毒気に当てられ、身動きもできずに固まった。

「あの、お客様。もう少し声を落としていただけますか？」

呼びかけにハッとして振り返れば、いつの間にか背後にいた久実が、困惑を浮かべていた。大声で物騒なことを喚くのを見かねて、注意しに来たらしい。

「なによっ⁉」

眉をひそめ、店のオーナーをギッと睨みつけた祥江であったが、不意に憑き物が落ちたみたいにおとなしくなった。

「……わたし、帰る」

ポツリと言って、スツールから立ちあがる。

「それじゃ、お会計を」

久実がレジに向かう。すると、

「わたしのぶんも払ってちょうだい」

祥江が信充に告げる。当然の権利だと言わんばかりに。

「え、おれが？」

「シェアする約束だったでしょ」

だが、そう言って頼んだものは、すべて彼女が食べてしまったのだ。そもそもシェアするというのなら、割り勘にするのが一般的のはず。

おまけに、さらに図々しいことを言われる。

「あと、わたしを送ってちょうだい」

「え、送る？」

「女の子に奢《おご》ったら、最後まで面倒を見るのが礼儀でしょ」

どうすればここまで身勝手な言動ができるのだろう。酔っているから仕方ないのか。信充はあきれるのを通り越して諦めの境地に陥った。

「すみません。おれのもいっしょに会計してください」

声をかけると、久実がこちらを一瞥する。その目に軽蔑が宿っているかに見えて、信充は肩をすぼめた。

（……まったく、こんなはずじゃなかったのに）

今夜はすべてが裏目に出ている気がする。こういうときは、さっさと帰ったほうがよさそうだ。

信充はふたりぶんをまとめて払い、「ご馳走様でした」と頭を下げた。

「またいらしてくださいね」

久実はそう言ってくれたものの、少しも心のこもっていない、型どおりの挨拶をなぞっただけのように感じられた。

「ほら、さっさと行くわよ」

祥江が威張りくさって言う。信充は忌ま忌ましさを嚙み殺しつつ、彼女と店を出た。

「階段、気をつけなよ」

祥江は、酔って振る舞いはあやしくなっていても、足腰に影響は出ていなさそうだ。それでも、外階段は急だから、いちおう注意したのである。

「だいじょうぶ。このぐらい」

などと言いながら、彼女は一歩目から足を踏みはずしかけた。

「あ――」

信充が咄嗟に腕を摑み、大事にならずに済む。

「だから言ったのに」

たしなめると、若いＯＬは不服そうに口を尖らせた。

「だったら、最初から支えてくれればいいでしょ」

ああ言えばこう言うで、少しも反省の色を見せない。いっそ放り出して、ひとりで帰りたくなった。

ところが、彼女が腕にしっかりとしがみついたのである。

（え？）

腕に腕を絡めたばかりか、からだも密着させてくる。二の腕に当たるふにっと柔らかな感触は、明らかにおっぱいだ。

おまけに、女体がまとう甘ったるい匂いも嗅がされて動揺する。

(セクハラ男を、あんなに非難していたのに……)

これでは逆セクハラというか、男を誘っているようなものではないか。もちろん、本人は酔っているだけで、そんなつもりは毛頭ないのだろう。

「ほら、行くわよ」

急かされて、信充は仕方なく階段を下りた。狭いから、どれだけ端によっても、祥江との密着が解消されないままに。

どうにか地上に到着しても、彼女は腕を組んだままだった。

「右よ」

簡潔に指示し、駅から遠ざかる方向に歩き出す。信充は従うことを余儀なくされた。

(これじゃ送るっていうより、おれが連行されてるみたいだな)

とにかく住んでいるところまで連れていって、さっさと帰ろう。これ以上、ワガママ娘に付き合わされるのは御免だった。

3

祥江の住まいは、五階建ての賃貸マンションであった。築年数はかなり経っているそうながら、普通に小綺麗な外観である。セキュリティーもちゃんとしているらしく、彼女はマンションの入り口を解錠するのに、暗証番号を入力した。

そこに至ってようやく、信充は縋られていた腕を解放されたのである。

「じゃあ、おれはこれで」

送ったからもういいだろうと、別れの言葉を告げる。しかし、「はあ？」と咎める眼差しを向けられた。

「なに言ってるのよ。送るっていったら、部屋までに決まってるでしょ」

「いや……えと、誰かと住んでるの？」

「まさか。わたしひとりよ。ほら、来なさい」

女性の独り暮らしの部屋を訪問するには、遅い時刻である。しかも、今夜初めて会ったばかりなのだ。

とは言え、求められるとおりにしなかったら、また理不尽なことを大声で喚かれそうだ。こんなところで騒ぎになったら、ヘタをすれば警察沙汰である。

(なんだってんだよ、まったく……)

苛立ちを隠せぬまま、信充はマンションの中へ進んだ。
四、五人も乗ればいっぱいのエレベータで上昇する。祥江の部屋は最上階、五階の一番奥にある部屋だった。
「ここよ。入って」

言われて、信充が素直に従ったのは、抵抗すればかえって面倒な事態を引き起こすと悟ったからである。まあ、女性の独り住まいがどんなふうなのか、興味が湧いたのも確かだが。

(もしかしたら、小説で使えるかもしれないしな)

女性キャラに魅力がないと、編集者に言われたのを思い出す。独身女性を登場させたときに、部屋がリアルに描写できるであろう。

また、セクハラの件も含めて、うまく乗せて会社でのことをもっと喋らせれば、新しいミステリーのアイディアが閃かないとも限らない。何事も取材が大切なのだと思い直し、ＯＬの部屋に足を踏み入れる。

間取りはどうやら２ＤＫらしい。入ってすぐがダイニングキッチンで、トイレとバスルームらしきドアもあった。

奥にふた部屋あり、どちらも洋間だ。一方はリビングとして使っているようで、テレビやソファーがあった。

信充が招き入れられたのは、もうひとつの部屋だった。セミダブルサイズのベッドの他、クローゼットにドレッサーもある。

そこは甘ったるい香りで満ちていた。祥江に縋りつかれたときに嗅いだのと、共通するかぐわしさだ。やはりあれは香水などではなく、若い娘の飾らない体臭だったのだ。

彼女はジャケットだけを脱ぐと、掛け布団を剝ぐこともせず、ベッドの上に身を投げ出した。

「ふう」

疲れ切ったように息を吐き出し、手足をのばす。このまま眠るつもりなのか、瞼も閉じた。

さすがにもういいだろうと、信充はその場から立ち去ろうとした。また引き留められないよう、今度は無言で。

ところが、背中を向けようとしたところで、

「ねえ、脱がせて」

祥江が目を閉じたまま命じる。

「え、何を?」

つい反応してしまうと、彼女が薄目を開けた。

「スラックスと、あと、ブラウスも」

逃げるのは許さないというふうに、眉間にシワを刻んでいる。いかにも挑発的な面差しだ。

(いや、いいのかよ)

それこそ祥江が忌み嫌う、セクハラそのものになりはしないか。まあ、この場合、本人が求めているのであるが。

というより、どうしてそんな命令をするのだろう。

(おれのこと、召使いか何かだと思ってるのか?)

いくら酔っているにせよ、失礼な話である。こちらはいちおう年上なのだ。何歳であると教えていないものの、見た目ですぐにわかるはず。

彼女はさんざん会社や同僚の悪口を並べ立てておきながら、自身も礼儀をわきまえていない。社会人として未熟すぎる。

ここに至るまでの傍若無人な振る舞いも蘇り、無性に腹が立ってくる。何より祥江のせいで、久実との甘い一夜が台無しになったのだ。

まあ、仮に彼女が来店しなくても、常連客と盛りあがっていたし、今夜は何もなかったであろうが。

ともあれ、怒りがこみ上げたこともあって、だったらやってやろうじゃないかという気になった。

（若いくせに、年上の男を好きに操ろうなんて生意気なんだよ）

信充は鼻息を荒くしながら、祥江のスラックスに手をかけた。前を開き、少しも躊躇せずに引き下ろす。彼女がヒップを浮かせたことで、それはするすると脚を下った。

そこまでは、怯むことなく進められたのである。だが、生白い美脚と、意外と肉づきのいい太腿、さらに、ブラウスの裾から覗く藍色のパンティを目にしたことで、ひどく動揺した。エロチックな眺めを目にして、かえって理性を取り戻したのである。

（おれ、何をやってるんだ？）

その瞬間、もしやと疑問を抱く。これはひょっとしたら、罠ではないのかと。

(手を出されたら通報して、おれが部屋に無理やり押しかけて、服を脱がせたって言い張るつもりなんじゃ——)

そんなことになったら、身の破滅である。何しろ、多少なりとも名前の知られた身なのだ。

落ちぶれた小説家が、妻と別れた挙げ句に若い女を襲ったなどと、週刊誌が好き勝手に書き立てるのは目に見えている。ミステリー作家として再起を目論むどころか、業界から永久追放されるであろう。

不吉な未来を想像し、信充は心から震え上がった。今にも祥江が悲鳴をあげるのではないかと、戦々恐々として様子を窺うと、

(あれ？)

予想とは異なるものを目撃して戸惑う。彼女は目を閉じて、穏やかな寝息を立てていたのだ。

眠ったフリなのかと、声をかけてもまったく反応しない。膝のあたりを軽く叩いても同じこと。すでに熟睡モードのようである。

(なんだよ、それは……)

信充は脱力し、安堵のため息をこぼした。

　さっき、薄目で眉間にシワを刻んでいたのを、挑発しているように受け止めた。あれは単に眠かったらしい。脱がせるように言ったのも、寝るために身軽になろうとしてではないか。

（やっぱり酔ってたんだな）

　生意気な言動もそうだし、横になるなり寝落ちしたのも、アルコールの影響なのだ。本気になって腹を立てたのを、大人げなかったなと反省する。

　そうやって許したことで、下肢をあらわにして眠る娘が、やけにセクシーで愛らしく思えてきた。

（――て、妙なことを考えるなよ）

　眠ってしまったのだから、もうお役御免であろう。だったら帰ろうかと思ったものの、部屋のドアを施錠できないことに気がついた。

　マンションの入り口はパスコードが必要だから、外部からの侵入は心配あるまい。けれど、ドアに鍵がかかっていなかったら、住人に入られてしまう。

　そうすると、祥江が起きるのを待つしかないのか。勤め人ではないから、遅くなってもべつにかまわないものの、彼女のあられもない姿を眺めて待つのも間が抜けている。

だからと言って、寝ている隙に狼藉を働くのはもっとまずい。そんな卑劣なことはできないし、酔いが醒めたらきっと非難されるだろう。それこそ通報される恐れもある。

ここは隣の部屋で待機するしかなさそうだ。しかし、祥江をこのままにしておいたら、風邪を引くかもしれない。

あいにく、掛け布団は彼女の下にある。引っ張り出すのは難しそうだ。

他に掛けるものはないかと寝室内を見回したとき、信充の鼻奥に引っかかるものがあった。

(え、これは)

どことなく親しみのある、蒸れた臭気。発酵した大豆製品のようでもあり、何かが焦げた感じもあった。

それが若いOLの爪先から漂っていることに、程なく気がつく。

(あ、ここだ)

祥江は踝《くるぶし》にも届かない、薄手のソックスを穿いていた。ストッキングと同じ素材のようで、赤いペディキュアを塗った爪が透けている。

蒸れた香気の発生源は、間違いなくそこであった。

（こんな若い子でも、足が匂うのか）

いや、若いほうが新陳代謝も活発だし、むしろ当然と言える。

けれど、黙っていれば男が放っておかないであろう、綺麗な子なのだ。外見と、生々しい生活臭とのギャップが著しく、無性にドキドキさせられる。

（……寝るのなら、靴下も脱がせたほうがいいな）

それは、これからしようとしていることを正当化させるための、自身に対する弁明であった。

薄手のソックスに指を掛け、そろそろと引っ張る。浅履きだから、容易に脱がせられた。

左右とも奪い取ったものを丸め、鼻先に寄せる。濃密さを増した臭気に、信充は背すじがわななくのを覚えた。

（ああ、これが――）

丸の内で働く美しいＯＬの、飾らないパフューム。汗と脂が熟成されたふうなそれは、好ましい成分などひとかけらもない。

なのに、こんなにも惹かれるのはなぜだろう。

たまらず鼻面に押し当てれば、ソックスは湿っていた。薄手のわりに、汗をちゃんと吸うらしい。おそらく、シューズ内も蒸れていたのではないか。

信充は激しく勃起した。どうしてこんなにも昂奮するのか、自分でもよくわからないままに。

浅ましく鼻を鳴らしながら、新たな欲望が湧きあがる。若い娘の正直なかぐわしさを、もっと愉しみたくなったのである。

ソックスを脇に置き、祥江の素足に顔を近づける。綺麗な爪先には、わずかに繊維っぽいゴミが付着していた。

「むぅ」

思わず声が洩れる。酸味の強まった脂臭が、鼻奥をツンと刺激したのだ。

（こんなに綺麗な子なのに——）

やはり麗しい容姿とのギャップに、昂ってしまうようである。そもそも美女の足を嗅ぐなんて、たやすく経験できることではない。

だったら他のところもと、信充は身を起こした。眠っているうちに、すべての恥ずかしい匂いを暴きたくなった。

もちろん、最も確かめたいのは、秘められたところである。しかし、信充は昔から、好きなものは後の楽しみに取っておくのが常だった。今も股間を後回しにして、上半身に向かう。

（これも脱がせろって言ったんだよな）

ブラウスのボタンを、ひとつずつ外す。起こさないように注意深く。前をはだけると、淡い水色のブラジャーがあらわになった。裾に隠れていた藍色の下穿きも全開となる。

コクッ——。

反射的に喉が鳴る。若い女性が、下着姿で目の前にいるのだ。

しかも、彼女は無防備に眠っている。おっぱいにアソコと、肝腎なところは隠されていても、たまらなくエロチックだ。

上下不揃いの下着は、日常的な生々しさがある。どちらも長く愛用しているもののようで、ブラはレースの一部がほつれ、全体に布がくたびれていた。

パンティも、ウエストのゴムのところがちょっとだけ破れている。一部に色褪せも見られるから、お気に入りで頻繁に穿いていたのではないか。

本人からすれば、そんなみっともないところは、他人には知られたくないであろう。なのに、信充は初めて祥江に好感を持った。ものを大切にする、慎ましい女の子だとわかったからだ。

まあ、単に生活費を切り詰めているだけかもしれないが。

胸元に顔を近づけ、色白の肌を嗅ぐ。その付近はほんのり乳くさいぐらいで、期待したほどではなかった。

足の蒸れた臭気を堪能したあとだから、もの足りなく感じるのは無理もない。ならばと、信充はブラウスを限界まではだけた。肩もあらわにすることで、腋の部分が少しだけ覗く。

そこに顔を埋めると、甘ったるい汗の匂いを嗅ぐことができた。

（ああ、素敵だ）

うっとりせずにいられない。ただ汗くさいのとは異なり、彼女本来のかぐわしさが凝縮されているようだ。

おそらく腋窩は、かなり湿っているのだろう。できればそこをあらわにして、汗と匂いを舐め取りたかった。

もちろん、実現は不可能である。そんなことをしたら、祥江が目を覚ますに決まっている。

（……ていうか、おれ、いつからこんな趣味になったんだ）

過去に関係を持った女性や別れた妻の体臭など、嗅ぎ回ることはなかった。なのに、四十路を越えた今になって、どうして夢中になるのか。

離婚後は異性との親密な交流が途絶え、欲求不満気味だったのは確かである。そんなとき、久実と愛撫を交わして有頂天になり、秘苑も嗅ぎたかったものの、拒まれてしまった。

そのせいで、ありのままの女臭に執着するのかもしれない。

加えて、祥江がひと回り以上も年下であることも、関係しているのだろう。この年になれば、二十代の娘と知り合うなんて滅多にない。それが図らずも、あられもない姿を目にすることになって、理性の箍が外れてしまったらしい。

われながら浅ましいとあきれつつ、ここでやめるつもりはなかった。なぜなら、最も重要なところが残されていたからだ。

信充は胸をはずませながら、美女の下半身へ向かった。

女らしく発育した腰回りを包む薄物は、裾がレースになっているぐらいで、他に目立つ装飾はない。男に見せるために穿くような代物ではなさそうだ。

それでも、充分すぎるほど煽情的であった。

布が二重になったところ、クロッチが喰い込む中心に鼻面を近づける。敏感なところゆえ、ちょっとでも刺激したら目を覚ますかもしれない。触れないよう、息を吹きかけないよう注意した。

そして、距離が十センチと縮まらないうちに、ぬるいかぐわしさが鼻腔に忍び入る。

ビクン——。

勃ちっぱなしの分身が、雄々しく脈打つ。オシッコの名残も含まれている秘臭は、発酵しすぎた乳製品の趣だ。どことなくケモノっぽくもあるのに、嗅ぎ続けずにいられなかった。

(こんな匂いなのか)

男の股間も蒸れやすいものである。ただ、女性の場合は汗をかくばかりでなく、男にはない分泌物も多い。それが独特のフレグランスを生み出すのではなかろうか。

鼻先が触れるか触れないかというギリギリのところまで接近し、漂うものを鼻の奥まで吸い込む。頭の中が淫ら色に染められ、信充は無意識に牡の怒張を握りしめた。

「うう」

ズボン越しでも、腰が砕けそうになるほど快い。それだけ昂奮状態が極まった証であった。

（たまらない……）

猛るモノを直に握り、しごきたい欲求に駆られる。そんなことをして、見つかったらどうするのだという戒めも、よく眠っているから大丈夫という、悪魔の囁きに追いやられる。

（ちょっとだけだから）

前屈みの不安定な体勢を維持したまま、ズボンの前を開く。反り返った硬い肉棒を、信充は苦労して摑み出した。

「むふぅ」

握っただけで目のくらむ快美が体幹を駆け抜け、太い鼻息がこぼれる。手を軽く動かすと、尿道を熱い粘りが伝う感覚もあった。

（……気持ちよすぎる）

さすがに射精するまで続けるつもりはなく、ちょっとしごいて満足したら、それで終わるつもりでいた。ところが、予想以上に快感が大きく、摩擦する手が止められない。

「く――ううう」

呻きがこぼれ、腰がわななく。左腕一本で支える上半身が、今にも崩れ落ちそうだ。そうなったら、祥江を起こすことになる。

(まずいぞ。このままじゃ)

信充は決断を迫られていた。理性を振り絞って自慰を中断するか、いっそ精液をほとばしらせるか、ふたつの道しかない。

しかし、このままイッてしまったら、青くさい体液でベッドを汚すことになる。ヘタをしたら、祥江の脚にもザーメンがかかるかもしれない。

(ええい、我慢だ)

奥歯をギリリと嚙み締め、信充は分身に巻きつけた指をはずした。未練を残しつつも顔をあげ、かぐわしい源泉から離れる。

「ふう」

大きく息をつき、どうにか欲望を振り払う。そして、ズボンからにょっきりとはみ出した肉色のシンボルを目にするなり、自己嫌悪に襲われた。

(何をやってたんだよ、おれは)

眠っているのをいいことに、若い娘の体臭を嗅ぎ回るなんて。いい年をした男のすることではない。

しかも、思春期の少年みたいに、下腹にへばりつくほどペニスを硬くしているのだ。

落ち込んだことで、猛々しい勃起が解除される。扱いやすくなったものを、信充はブリーフの中にしまった。ズボンのファスナーを上げて身繕いをすると、

(ごめん)

寝息を立てている祥江に、心の中で謝る。すると、聞こえないはずの声が聞こえたみたいに、彼女がぱっちりと目を開いたのだ。

4

「わ——」

信充は驚き、反射的に後ずさった。

「え、あなたは……」

祥江が訝《いぶか》る眼差しを向けてくる。誰なのかわからないらしい。

(いや、まずいって)

このままでは、部屋に侵入して服を脱がせた変質者にされてしまう。まあ、そ

れに類することをしたのは確かだけれど。

幸いにも、彼女はすぐに思い出してくれた。

「ああ、そっか。ワインの店で」

納得顔でうなずき、身を起こす。ところが、自身が下着姿になっていることに気がつき、眉を吊り上げた。

「ちょっと、これ、あなたがやったの？」

ブラウスの前を合わせ、睨んでくる。信充は狼狽しつつも、無断でしたわけではない旨を訴えた。

「いや、君が脱がせろって言ったんだよ。スラックスと、それからブラウスを」

痴漢扱いされてはたまらないから、命じられてしたのだと主張する。祥江もそのときの記憶が蘇ったのか、疑いを取り下げた。

「だからって、ホントにしなくても……」

ブツブツとこぼす彼女に耳を貸さず、

「じゃあ、おれはこれで」

信充は別れの言葉を告げた。

「え、帰るの？」

祥江が意外だというふうに目を見開く。

「うん。もう用はないんだろ？」

「あるわよ。帰らないで！」

強い口調で引き止められ、信充は面喰らった。

彼女が掛け布団をめくって、中に身をすべり込ませる。年上の男の視線を遮ってからブラウスを脱ぎ、ベッドの下に落とした。

「あなたも脱いで」

「え、おれ？」

「わたしばかり脱がせて、不公平じゃない」

またも理不尽なことを言われ、眉をひそめる。だが、何やらもぞもぞしていた若いOLが、再び何かをベッドの外にぽいっと投げたのにドキッとする。

フローリングの床に落ちたのは、明らかにブラジャーであった。

（え、それじゃ――）

ベッドの中の彼女は、パンティ一枚というほとんど裸同然の姿だ。

「あなたも脱いで、いっしょに寝てちょうだい」

エロチックな誘いに、胸の鼓動が激しくなる。一緒に寝るとは、つまりセックスをするつもりなのか。

本当なら今日は、久実とそうなる予定であった。まあ、予定というより、ただの願望だが。

ともあれ、叶わなかった情事の代わりに、目の前の美女が、一夜の相手を務めてくれるらしい。それはそれで有りだなと、信充は節操なく受け入れる気になった。中途半端で終わった快楽への欲求が、ぶり返したためもあった。

「まあ、寝るだけなら」

勿体ぶった返答を口にして、着ているものに手をかける。祥江がパンティのみなら、自分も同じ格好になるべきだろう。まずは上半身をすべて脱ぎ去った。

さっきは猛々しくいきり立っていた分身も、意気消沈して一度は萎えた。しかし、淫らな展開への期待から、今またふくらみつつあった。

エレクトしているとわかったら、彼女に付け入られるのは間違いない。完全勃起する前にと、信充は急いでズボンを脱ぎ、ブリーフのみの姿となった。

その瞬間、祥江の視線が股間に向けられる。昂奮状態にあるのか確認したようだ。不満げに口を尖らせたのは、平常状態だったからではないか。

（やっぱりいやらしいことをするつもりなんだな）

期待とペニスが頭をもたげ、信充は急いでベッドの脇に進んだ。

「どうぞ」

掛け布団の端がめくられる。そこから中に入るときに、色白の肌がチラッと見えた。

ふわ――。

なまめかしい香りが鼻腔に悩ましい。もともと寝具に染みついていたものと、ナマ身の肌が漂わせるものが溶け合った、うっとりするフレグランスだ。

「ねえ、枕を使って」

「え？」

「わたしには腕を貸してくれればいいから」

信充は甘い気分にひたり、ひとつしかない枕に頭をのせた。すると、左腕を差し出すより早く、祥江が縋るように裸身を密着させてくる。

「男の匂い……」

小さくつぶやき、胸元に頬を寄せる。愛しさに駆られ、信充は片腕で彼女をかき抱いた。

「オトナなのに、甘えん坊なんだね」

からかうと、恥じらう目で睨んでくる。

「いいでしょ、べつに」

「鷹橋さんって、いくつ？」

何気に訊ねると、「二十四」と簡潔に答える。からだはしっかり成長しているし、年齢よりも大人っぽく見えるほうかもしれない。

「てことは、勤めて二年目？」

「うん」

「そうすると、まだ若手だし、慣れなくて大変なんじゃない？」

会社でストレスを抱えている様子だったのを思い出して訊ねる。祥江は素直にうなずいた。

「ホントにそう。わたし、就職する会社を間違えたかもしれない」

うんざりという顔を見せたから、すでに嫌気が差しているらしい。

「だけど、名前の知られた大企業だし、採用されるのだって簡単じゃなかったんじゃないの？」

「そのぶん、女子社員はお高くとまってるのよ。ブランド好きだし、田舎者をバカにするし」

実際に、社内イジメみたいなものに遭ったのだろうか。

「おまけに、ウチの課の上司は、セクハラがコミュニケーションのひとつだと思っているのよ。いやらしいことを言うだけじゃなくて、平気でおしりをさわってくるし」

今どきそこまで典型的なセクハラ上司がいるとは、とても信じられなかった。しかも、丸の内の有名企業で。

彼女はだいぶ飲んだ様子だし、まだ酔いは醒めていないのではないか。実情よりも大袈裟に吹いているだけかもしれない。

もっとも、程度はともかく、会社でストレスフルな状況にあるのは間違いないらしい。

「大変だね」

共感を込めて言うと、祥江が潤んだ目で見つめてくる。

「……手、貸して」

「え?」

意図がわからず戸惑っていると、腕枕とは反対の手を取られる。導かれた先は、彼女の頬だった。

（ああ、そういうことか）

何を求められているのかを察する。別れた妻も新婚時代には、髪や顔を撫でられるのを好んだのだ。

そのときのことを思い出し、同じように愛撫すると、

「気持ちいい……」

祥江がうっとりした口調でつぶやく。柔らかなボディをしなやかにくねらせ、いっそうぴったりくっついてきた。

それに煽られるように、信充は彼女を抱きしめた。

「あん」

色っぽい声が洩れるなり、下半身に甘美な衝撃が走る。

「むふッ」

信充は鼻息を吹きこぼし、腹部を波打たせた。しなやかな指が、ブリーフの高まりを握り込んだのだ。

「大きくなってるわ」

嬉しそうなつぶやきに、羞恥が消し飛ぶ。代わって誇らしさが湧きあがり、意識して分身を脈打たせた。

「やん、すごい」

動きを制するように、祥江が握りを強める。快感が高まり、海綿体が最大限に血液を満たした。

「こんなに硬くしちゃって……元気すぎるわ」

いい年をしてギンギンなのをからかわれた気がして、頬が熱くなる。

「そう言えば、まだ名前を聞いてなかったわよね」

「え、そうだっけ？」

だいぶ長い時間を一緒に過ごしたから、とっくに名乗った気がしていた。

「おれは高地信充」

股間を愛撫されながら自己紹介をしたのは、生まれて初めてだ。

「何歳？」

「四十四だよ」

「え、本当に？」

意外そうな顔をされ、嬉しくなる。久実がそうだったように、もっと若く見えたのだと思ったのである。ところが、

「オチ×チンの硬さは、二十代でも通用するわね」

見た目ではなく、ペニスの漲り具合で判定されたらしい。

（久実さんにも、同じようなことを言われたんだよな……）

男性自身に勢いがあるのは、それはそれで誇らしい。ただ、そこしか価値がないようで、情けなさも覚えた。

「ね、脱いで」

祥江がブリーフのゴムに指を掛ける。尻を浮かせると引き下ろされ、膝から下は足を使って脱がされた。

寝具の中に、牡の蒸れた匂いが漂う。今日も飲みに出かける前にシャワーを浴びたが、時間も経って汗をかいたようだ。加えて、彼女の匂いに昂奮し、股間が熱くなったせいもあったろう。

そのため、勃起を握られるなり、快さと罪悪感が同時に生じた。その部分がベタついているのが、指の当たる感触でわかったものだから尚さらに。

けれど、祥江は少しも気にならない様子だ。

「ゴツゴツしてる。逞しいわ」

下腹にへばりつかんばかりに反り返るモノを上向きにし、軽やかにしごく。いかにも男慣れしていそうな、迷いのない手コキだった。

おかげで、分身が雄々しく脈動する。

(うう、気持ちよすぎる)

悦びがふくれあがることで、罪悪感が薄らぐ。信充はいつしか完全な受け身になり、手足をのばして全身をわななかせた。

「すごいわ。また硬くなったみたい」

悩ましげなつぶやきのあと、手の動きが速くなる。握りも強まったようだ。

ずっと年上だし、簡単に昇りつめることはないと踏んで、彼女は愛撫を激しくしたのではないか。だが、今日は久実とキメるつもりで、早くから盛りあがっていたためだろう。信充はたちまち危うくなった。

(うう、まずい)

まだ握られてから、三分も経っていない。こんなに早く限界を迎えては、あまりにだらしないではないか。

歯を食い縛り、こみ上げる射精欲求を懸命に追い払う。だが、容赦のない手淫奉仕で、性感曲線は右肩上がりで高まった。

ニチャニチャ……。

卑猥な粘つきも聞こえてくる。前触れの雫が多量にこぼれ、上下する包皮に巻き込まれて泡立っているのだ。

「いっぱいお汁が出てるわ」

祥江が含み笑いで報告する。見なくても、指に絡みつくヌルヌルでわかるのだろう。

このままでは本当にイカされてしまう。しかし、もう出そうだなんて降参するのは、年上としてのプライドが許さなかった。

(よし、だったら――)

頂上まで導いてもらいたい欲求を振り払い、信充は掛け布団をはね除けた。続いて、腕に乗った彼女の頭をおろして身を起こす。

「え、え?」

半裸のOLが、戸惑いをあらわに見あげてくる。いきなりで驚いたか、屹立から手を離した。

二十四歳のボディは、わりあいに均整がとれていた。腹部のお肉が厚めなのは、お酒好きのせいなのか。それでも、仰向けでもかたちを崩さないお椀型の乳房や、豊かに張り出した腰回りが信充の目を奪った。

「今度は、おれが気持ちよくしてあげる番だよ」

はずむ呼吸を圧《お》し殺し、最後の一枚に手を掛ける。彼女が反射的におしりを浮かせたのを幸いと、一気に奪い取った。

「ああん」

恥じらいの声音で嘆きつつも、祥江は目を淫蕩に輝かせた。内心では快感が欲しいと願っていたに違いない。

ところが、信充が膝を大きく開かせ、さらけ出された湿地帯に顔を埋めようとすると、

「ま、待って」

と、焦って制止する。

「え、なに？」

黒々とした秘毛が逆立つところから、十センチの距離で信充は止まった。その時点で、すでに酸味の著しいヨーグルト臭を嗅いでいたのである。

「……何をするの？」

怖ず怖ずと訊ねた彼女は、さっきまでの尊大さが表情から消えている。目が潤み、どことなく気弱げにも映った。

「何って、ここを舐めるんだけど」

ストレートに告げると、狼狽して目を泳がせる。

「で、でも、シャワーも浴びてないのに」

「おれは気にしないよ」

「ダメよ。よ、汚れてるし、匂いだって――」

大胆に振る舞ってきても、正直な性器臭は知られたくないのか。すでに淫靡なパフュームを暴かれているとわかったら、泣き出すかもしれない。そう思われるほど、祥江はしおらしくなっていた。

「おれは全然かまわないけど」

「わ、わたしはかまうのよ」

「だいじょうぶ。祥江ちゃんのからだに、汚いところなんてないよ」

親しみを込めた呼び方に、彼女は怯んだようだ。絶句したのを好機と捉え、かぐわしい源泉にくちづける。

「キャッ、イヤっ！」

悲鳴をあげた女体が、逃れようともがく。信充は両腿をしっかりと抱え込んで離さず、湿ったミゾに差し入れた舌を上下に動かした。

「あふんッ」

祥江が喘ぎをこぼし、若腰をガクンとはずませる。あとは抵抗がなくなり、投げ出した両手でシーツを引っ掻いた。

「あ、やぁん、ダメぇ」

女芯がなまめかしくすぼまり、舌を挟み込もうとする。その動きは、もっとしてとねだっているかのようだ。

それでも、羞恥は簡単に消えないらしい。

「あうう、い、イヤじゃないの？」

不快な気持ちにさせていたら悪いと思ったのか、声を震わせて確認する。言葉ではなく、信充はねちっこい舌づかいで応えた。

「あああ、い、いやぁあああっ」

女らしく成長した腰回りが、ビクッ、ビクンと鋭敏な反応を示した。性感も充分に発達しているようである。

彼女の秘毛はかなり濃い。直前にチラッと視線を向けたものの、秘苑の佇まいを捉えることができなかったほどに。

ただ、舌と唇に触れる感じからして、花びらは大きい。大陰唇も肉厚で、口許に当たるそこはぷにぷにしていた。

ナマ身が放つ媚香は、下着越しに嗅いだものよりエッジがある。密着したことで、ヨーグルトよりもチーズの風味に近くなった。

(これが祥江ちゃんの、本当の匂いなのか)

もちろん、好ましいことに変わりはない。

恥毛の狭間には用を足した名残の、オシッコの匂いがくっきりと残っていた。一日働いたあとだし、「愛人」に来る前の飲み屋でも、トイレを使ったのではないか。クンニリングスを恥ずかしがり、ためらうのも当然だ。

しかし、やはりまだ若い。牡を愛撫する手管は身につけていても、自身の匂いが男を昂奮させるとは知らないようだ。

(ああ、美味しい)

舌に絡む蜜は粘りが少なく、サラッとしている。匂いほどに味はなく、わずかに塩気がひそんでいる程度だ。

それでも、信充にはこの上ない美酒の味わいだった。

「そ、そんなにされたら……あああ、へ、ヘンになっちゃふぅ」

祥江が唐突に急上昇する。信充は感覚を逃さないよう、敏感な肉の芽を狙って舌を躍らせた。

それにより、若いボディが歓喜の波に巻かれる。

「イヤイヤ、い、イクイクイク、ああ、も、ダメぇえええっ！」

盛大なアクメ声をほとばしらせ、彼女は絶頂した。全身を強ばらせ、「う、うっ」と呻いたのちに脱力する。

「は――はふ、ふぅうう」

祥江がぐったりして四肢をのばす。なめらかな肌のあちこちを、時おりピクッと痙攣させた。

（イッたんだ……）

信充は口を外し、唾液と愛液にヌメった神秘の佇まいを、今のうちにと観察した。

縮れ毛に囲まれた秘肉の裂け目から、腫れぼったく充血した花弁がはみ出す。ハート型にほころんだ狭間にはピンク色の珊瑚礁が覗き、それは薄白い蜜で彩られていた。

（なんていやらしいんだ）

生々しくも、胸躍る眺め。すぐ真下で、余韻にひたるようにすぼまるアヌスのほうが、排泄口にもかかわらず可憐に映った。

身を起こして眺めると、祥江は瞼を閉じ、胸を大きく上下させていた。オルガスムスの直後で、美貌は艶気を湛えている。

半開きの唇も蠱惑《こわく》的だ。信充はキスをしたい衝動に駆られた。

(それはさすがにまずいか)

くちづけは快楽を与え合う以上に、深い情愛の証という気がする。戯れにしていいことではあるまい。

「んぅ」

呻いた彼女が、薄目を開ける。億劫で瞼が持ち上がらない様子で、今にも眠ってしまいそうだ。

「……イッちゃった」

つぶやいて、裸身をわずかによじる。無意識にか秘苑に指を這わせ、切なげに眉根を寄せた。

「ねえ、オチ×チン、まだ硬い?」

トロンとした目で信充を見あげ、気怠げに問いかけた。

「あ、うん」

うなずくと、両膝をそろそろと立てる。脚をMの字に開き、今度は両手で恥割れをくつろげた。

「だったら、挿《い》れて」

鮮やかすぎる粘膜を見せつけてのおねだり。猛りっぱなしのペニスが反り返り、下腹を勢いよく叩いた。

「え、いいの？」

思わず確認すると、「当たり前でしょ」と言われる。

「あんなことまでしておいて、エッチしないで帰ったら、許さないから」

当然の義務だとばかりに要求し、睨んでくる。膣口まで暴かれた女芯も、早くしてとせがむみたいに息吹いていた。

もちろん、信充に異存はない。

「わかった」

反り返る肉根を前に傾け、魅惑のヌードに身を重ねる。昇りつめて汗ばんだらしく、柔肌はしっとりしていた。

肉槍の穂先でかき回せば、恥苑がクチュクチュと音を立てる。たっぷりと濡れた蜜穴は、たやすく受け入れてくれそうだ。

「意地悪……は、早く」

焦らされていると思ったか、祥江が小鼻をふくらませて結合を求める。信充は無言でうなずくと、心地よい洞窟の奥めがけて真っ直ぐ進んだ。

「あ、あ、あっ」

焦りを含んだ声が洩れる。予想どおり、剛直は抵抗を受けることなく女体を侵略し、膣奥に達した。

(ああ、入った)

ふたりの陰部が重なるなり、分身全体がねっとりと包み込まれる。特に根元部分はキュッキュッと、甘美な締めつけを浴びた。

「ああーん」

感に堪えない声をあげ、祥江がしがみついてくる。ひとつになって情愛も高まったか、信充の頭をかき抱いて唇を奪った。

したかったくちづけを彼女から求められ、有頂天になる。かぐわしい息だけではもの足りず、舌を差し入れて甘い唾液も味わった。

「ン……んふ」

小鼻をふくらませ、懸命に舌を絡ませてくれるのがいじらしい。

貪るようなキスと同時進行で、下半身も交錯する。腰を小刻みに動かし、奥をツンツンと突いた。

（ああ、おれ、セックスしてるんだ）

しかも、ずっと年下の若い娘と。

挿入した蜜窟のヌルヌル具合に加え、ボディの柔らかさと、肌のなめらかさも格別だ。ずっと繋がっていたい心地にさせられる。

「ふはっ——」

息が続かなくなったか、祥江がもがくように唇をはずした。

「あん、気持ちいい」

蜜穴を穿たれ、面差しを歓喜に蕩けさせる。

「おれもすごくいい。祥江ちゃんの中、あったかくてトロトロしてて、最高だよ。チ×ポに絡みつくみたいだ」

「バカ」

恥じらいの眼差しで睨んでから、彼女がわずかに戸惑いを浮かべる。

「手で握ったときよりも、中のほうが大きく感じるわ」

「え、そうなの？」

「きっと、久しぶりだからなのね」

ひとりで飲み歩くぐらいだ。現在、付き合っている男はいないのだろう。

（ひょっとして、この子がやさぐれていたのは、会社でのことだけが原因じゃないのかも）

プライベートが寂しいから、ますます気が滅入ったのではないか。しかし、そんな推察を口にしたら、欲求不満みたいに言わないでと叱られる恐れがある。

とにかく今は、セックスで感じさせることに集中するべきだ。信充は腰をそろそろと退け、最奥を目指して己身を送り込んだ。

「きゃふっ」

祥江が喉を反らせ、愛らしい声で啼く。間をおかずに長いストロークで攻め立てると、「あんあん」と嬌声をはずませた。

「か、感じるぅ」

総身を震わせ、息をはずませる。内部の発熱も著しく、ヒダがまつわりつくようだ。

そのため、信充はまたも危機を迎えた。

（まずいぞ。このままじゃ――）

クンニリングスに集中し、手コキで高められた射精欲求は鎮まったと思っていた。だが、極上の悦楽にひたったことで、容易にぶり返してしまったらしい。

年下の娘を歓ばせるためには、ピストン運動に精を出さねばならない。けれど、そうすると自分も危うくなり、別の精を出すことになる。

こちらが果てずに彼女を頂上に導くのは難しそうだ。信充は迷い、いよいよ限界が迫ったところで動きを止めた。

「え？」

喘いでいた祥江が、怪訝な面持ちで見あげてくる。

「ごめん……出そうなんだ」

情けなさにまみれつつ、正直に打ち明ける。すると、彼女が艶っぽく目を細めた。

「そんなにわたしのオマ×コが気持ちいいの？」

禁断の四文字を口にされ、頭がクラクラする。久実もそうだったが、今どきの女性は抵抗なく、卑猥なことを言えるのか。まあ、ふたりとも、アルコールの影響もあるのだろうが。

ともあれ、こちらにとって都合のいい解釈をしてもらえたことはありがたい。

「そうなんだ。こんなに気持ちのいいセックスは初めてだよ」

それは満更お世辞ではなかった。女性と肉体の交わりを持つのは、離婚した妻として以来だし、何年ぶりになるのか自分でもわからない。

しかも、相手は二十歳も年下だ。祥江と同じ二十四歳の異性としたことは過去にあるが、そのときは自分も同世代だった。四十路を過ぎてからとは意味が異なる。

現にこうして、若い裸体に翻弄されているのだから。

堪え性がないのは、そのためもあるのではないか。弁解するみたいに考えたところで、

「いいよ」

と告げられる。

「え、何が？」

「イキそうなんでしょ？　このまま気持ちよくなって、中で出していいわ」

予想もしなかった許しを与えられ、信充はかえって戸惑った。

「え、で、でも」

「だいじょうぶ。わたし、もうすぐ生理なの。毎月きちんとしているから、妊娠する可能性はまずないわ」

そこまで断言するということは、本当に心配ないのだろう。

「それに、高地さんの温かいのを、奥にいっぱい注いでほしいの。わたし、男のひとが気持ちよくなって、わたしの中にドクドクっていっぱい出してくれるのが好きなのよ。すごく愛されている気分になれるから」

淫蕩な眼差しでそんなふうに言われ、射精を遠慮する男などいるものか。信充もたちどころにその気になった。

「わかった。それじゃ、お言葉に甘えて」

生真面目な返答が可笑しかったのか、祥江がクスッと笑う。

「どうぞ。ご遠慮なく」

信充は抽送を再開させた。中に出していいと許可されたことで、腰振りが大胆になる。

「あん、あん、いい、いいのッ」

よがり声も大きくなって、寝室が淫ら色に染められる。煽られたことで、いよいよその瞬間が迫ってきた。

「うう……あ、い、いくよ」

歓喜に目がくらみ、腰の動きがぎくしゃくと不安定になる。それでもどうにかピストン運動をキープすることで、信充は頂上に至った。

「で、出る」

その瞬間が訪れ、蕩ける悦びに身を委ねる。頭の中に霞が立ちこめたと思うなり、ペニスの中心を熱い滾りが駆け抜けた。

びゅるんっ――。

しゃくり上げた分身が、ザーメンを撃ち出す。体奥でほとばしりを感じたのか、祥江が「ああーん」と悩ましげに喘いだ。

「む、ううっ、むふっ」

信充は鼻息を荒ぶらせながらも、絶頂を長引かせるべく、腰をしつこく動かし続けた。射精して過敏になった亀頭が柔ヒダでこすられ、強烈なくすぐったさに頭がおかしくなりそうになるのもかまわず。

けれど、オルガスムスの波は無情にも引いてゆく。からだのあちこちが名残惜しむようにわななないた。

「気持ちよかったわ。いっぱい出たみたいね。中が熱いもの」

うっとりした声音で祥江が言い、汗ばんだ背中を撫でてくれる。だが、これで終わりになんてしたくない。

（ああ、もっと）

若い女体にしがみつき、飽くことなく肉根を出し挿れする。結合部がグチュグチュと、泡立つような音を立てた。

しかし、性感曲線が上昇に転じることはなかった。

もう諦めるしかないのか。できれば彼女をセックスでイカせたかったのにと、未練たっぷりに緩慢な抽送を続けていると、

「え、ウソ」

祥江の驚いた声にドキッとする。

「な、なに？」

「オチ×チン、全然小さくならないじゃない」

「え？」

信充は動きを止め、彼女の中のイチモツを確認した。力を送り込むと、そこがビクンと脈打つ。

（あ、本当だ）

しつこく刺激を与え続けたから、萎える機会を逸したのか。そこは男らしい硬さと勢いを保っている。

「本当に元気なのね」

感心したふうにつぶやき、祥江が身をくねらせる。内部が締まり、信充は「うっ」と呻いた。

「ねえ、さっきよりも硬いぐらいじゃない？」

「う……そうかな？」

「だって、こんなにカチカチなんだもん」

あきれたふうに言いつつも、面差しがやけに色っぽい。

「ねえ、まだできるの？」

「うん。祥江ちゃんさえよければ」

「わたしは大歓迎よ。だったら、このまま続けてする？」

返答する代わりに、信充はキスをした。口でも交わるみたいに、舌を深く侵入させる。

「ンふぅ」

彼女も歓迎して、自分のものを絡ませてくれた。

唇を貪り合いながら、信充は腰を少しずつ動かした。濃厚なくちづけで昂り、分身はさらに怒張しているようである。

「むはッ——あ、ああっ、お、オチ×チン、元気すぎるぅ」

くちづけをほどいた祥江が、乱れた声を発する。牡のエキスをたっぷり浴びて感じやすくなったのか、緩やかな抽送にも鋭敏な反応を示した。

「あん、あふ、ふぅうう、き、気持ちいい」

すすり泣き交じりに悦びを訴え、男の二の腕にしがみつく。

(いやらしい子だ)

愛しさを募らせながら、信充はリズミカルに女体を穿った。

第三章　初摘みの甘いブドウ

1

信充が「愛人」から足が遠のいたのは、また祥江が来店したら気まずいという思いがあったからだ。

べつに、ヤリ逃げをしようなんて気はない。ただ、彼女は酔っていたし、二十も年上の男に本気になるとは思えなかった。もしかしたら、安易に交わったことを後悔している可能性もある。

(けっこう乱れてたもんな、祥江ちゃん)

信充も初めて経験した抜かずの二発で、彼女は三度もオルガスムスに至った。

最後はほとんど絶叫に近いアクメ声をほとばしらせ、膣奥に熱い精を浴びたことで駄目押しの快感を得たらしかった。

そのため、信充が離れると、疲れ切ったように寝落ちしたのである。スースーと心地よさげな寝息を立て、揺すっても起きなかった。

仕方なく、祥江の秘部をティッシュで清めてから、信充は身繕いをして部屋を出た。

鍵を掛けずに帰るのは心配だったものの、起きて目を覚ましたとき、酔っていたときの記憶をなくしていても困る。ひと悶着あるのは確実だからだ。夜も遅いし、もう大丈夫だろうと自身に言い聞かせた。

もう一度彼女に会いたい気持ちがないわけではない。だが、しつこい男だと思われたくないし、そもそも連絡先を交換していなかった。

マンションの場所はわかるけれど、待ち伏せなどしたらストーカー扱いされる恐れがある。だったら、「愛人」でばったり再会するのが理想的だろう。

しかしながら、それも痛し痒しである。顔を合わせれば、気まずさが表情や態度に表れるかもしれない。そんなところを久実に見られたくないし、何かあったと悟られたくなかった。

だが、もうひとつ懸念されることがある。

(あの子、まさかおれとしたことを、ベラベラしゃべったりしないよな)

また他で飲んだあとに「愛人」へ行き、あの日帰ったあとで何があったのか、酔いに任せて暴露しないとは言い切れない。そういうことをやらかしそうな、危ういところがある。

もしも自分がいないあいだに、本当にそんなことがあったらと考えると、やはり飲みに行くのを躊躇せずにいられなかった。きっと久実や未散は、軽蔑の目を向けてくるであろう。

せっかく気に入った店を見つけたのに、早くも行けなくなるなんて。それ以上に、久実とあれだけで終わることが名残惜しい。

未練を引きずり、悶々としていたために、新作のアイディアがさっぱりまとまらない。このままではまずい。

(そうだよな……祥江ちゃんが、おれとのことを喋るとは限らないんだ)

分別のあるいい子なのだと、自らに言い聞かせる。かくして、翌週になってようやく、信充はふれあいロードへ赴いた。

平日を選んだのは、お客が少ないのを期待してである。時刻も二十二時を回ってから「愛人」への階段をあがった。

スライドドアを開けると、「いらっしゃいませ」と迎えられる。だが、それが久実の声でないのはすぐにわかった。

「どうも」

落胆を隠して頭を下げる。カウンターの中にいたのは未散であった。

そして、他にお客はおらず、久実の姿もなかった。

（トイレかな？）

それとなく化粧室のドアを確認したが、使用中にはなっていない。そうすると、用事で出かけたのだろうか。

カウンター席に腰掛けると、未散がお冷やとおしぼりを出す。

「こちら、メニューです」

「あ、ありがと」

何を飲もうかと、まずはワインリストを眺めたものの、そもそも知識がないのだ。今日もお任せで注文しようかとも考えたが、なんとなくワインの気分ではなかった。

（やっぱりビールがいいな）

このあいだは国産のものを選んだが、いつも同じでは芸がない。

「ハイネケンをもらえるかな」

「承知しました」

未散がてきぱきと動き、冷蔵庫からボトルを出す。スリムグラスと一緒に、信充の前に置いた。

「どうぞ」

「ありがとう」

久実は一杯目だけ注いでくれたが、未散は手を出さなかった。そういうサービスはオーナーに任せているのかもしれない。

小瓶だから直に飲んでもよさそうながら、せっかくグラスを出してくれたのだ。使わないのはかえって失礼かと、手酌でビールを注ぐ。

「ところで、久実さんは？」

ひと口飲んでから未散に訊ねると、眼鏡の奥の目が険しくなった気がした。

「帰られました」

「え、もう？」

「常連さんが見えられたので、その方たちといっしょに飲むそうです」

要はアフターみたいなものか。新しい店で固定客を得るためには、そのぐらいの営業努力は必要であろう。

そう理解しながらも、信充の胸はチリチリと焦がれた。

常連客とは、このあいだ店で見た連中か。それとも、また別の人物なのか。どちらにせよ、店の外で女性オーナーと飲みたがるのは、男に決まっている。

決めつけて、自然としかめ顔になる。恋人を他の男に奪われたと、そんな心境であった。

しかしながら、久実とは一度きり愛撫を交わしただけの間柄である。恋愛関係にあるとは言えない。信充が一方的に慕っているようなものだ。

「どうかされましたか？」

問いかけられ、ハッと我に返る。未散が怪訝そうな面差しで、こちらをじっと見ていた。

「ああ、いや……べつに」

誤魔化したつもりが、彼女は見抜いていたのだろうか。

「久実さんって呼ばれるんですね」

「え？」

「オーナーのこと」

やけに突き放したふうな口調だったから、信充は狼狽した。

「ま、まずかったかな?」

「べつに。どんなふうに呼ばれるのかは、お客様の自由ですから」

などと言いながら、眼差しも冷たい。そんなに馴れ馴れしかったかなと、信充は首を縮めた。

「そうすると店を閉めるまで、未散ちゃんがひとりでするの?」

話題を変えるべく確認すると、今度は驚いたように目を丸くした。

(え、なんだ?)

ドキッとしたものの、未散は特に何も言わなかった。ただ、頬が赤らんでいるようである。

ちゃん付けだったから、恥ずかしくなったのか。同性からはともかく、異性からは呼ばれなさそうだし。

(でも、店のお客さんなら、普通にちゃん付けで呼ぶんじゃないか?)

いつもカウンターの中で料理などを担当し、接客をあまりしない様子だから、そうでもないのだろうか。あるいは、呼び方以外のところで、引っかかるところでもあったのか。

「……ええ、わたしが店を閉めることになってます」

ずれたタイミングで未散が答える。さっきまで睨むようにこちらを見ていたのに、急に目を合わせなくなった。

(なんか様子が変だな……)

呼び方だけでこうなったとは考えづらい。とは言え、他に思い当たることはなかった。

「じゃあ、レーズンバターをもらえる?」

注文すると、彼女が無言でうなずく。やるべきことができて、ホッとしたふうでもあった。

(ま、いっか)

そんなに気にすることはあるまい。信充はビールをちびちびと飲みながら、これからどうしようかと考えた。

今日はもう、久実に会えないことがはっきりした。だったら、長居する必要はない。

適当に飲み食いしたら、さっさとおいとましよう。他にお客もいないし、そうすれば未散も早く帰れるであろう。

(いや、案外、閉店時間をきっちり守るかもしれないな)

少なくともラストオーダーの時刻までは、営業を続けるのではないか。真面目というか、融通が利かなそうな感じがあるから。

そんなことを考えながら、作業中の未散をぼんやり眺めていたら、不意に顔をあげた彼女と目が合った。

「あ──」

信充もドキッとしたが、未散はそれ以上に驚き、慌てふためいた。レーズンバターをスライスするのに、ちょうど包丁を使っていたタイミングで、手元がおろそかになったらしい。

「痛っ」

声をあげ、そばの布巾を指に巻きつける。そこにたちまち赤いものが滲んだ。包丁で切ったのだ。

「あっ」

信充は咄嗟に立ちあがり、カウンターを回って中に入った。ほとんど反射的な行動であった。

「だいじょうぶ？」

そばに行くと、彼女が戸惑いをあらわにしながらもうなずく。わずかに顔をしかめたのは、傷口が痛むからだろう。

「救急箱、ある？」

「……レジの下に」

言われたところを探すと、緑色の十字マークがついたボックスがすぐに見つかる。信充は中から消毒薬と絆創膏を取り出した。

未散のそばに戻れば、指に巻いた布巾には、かなり血が染み込んでいた。

「見せて」

彼女が布巾をそろそろとはずす。爪の横に、けっこう深そうな傷があった。そこから血がジワジワと出てくる。

（これだと、絆創膏じゃ無理そうだな）

とりあえず消毒をして、指の根元を止血するように指示する。もう一度救急箱を探し、ガーゼとサージカルテープを使うことにした。傷用の軟膏もあったので、それをガーゼに塗布する。

「どんな感じ？」

傷口を見せてもらうと、血はだいぶ止まったようだ。信充はガーゼを未散の指に巻き、テープでしっかり固定した。

「とりあえず、これでだいじょうぶかな？」

「ありがとうございます」

礼を述べた彼女の、目が泣きそうに潤んでいる。

「まだ痛む？」

訊ねると、首を横に振った。無理をしているわけではなさそうだ。

まな板の上には、スライス途中のレーズンバターがあった。力を入れて切るようなものではないから、目が離れてあらぬところに刃を当ててしまったらしい。

幸いにも、そちらには血がついていなかった。

「これはもう片付けよう。ガーゼを巻いてたら、料理なんかできないし」

信充の言葉に、未散は泣きそうに顔を歪めた。

「いえ、ビニールの手袋がありますから、それを使えば――」

「だけど、傷口が開いたら大変だよ。けっこう深かったみたいだし、ちゃんと塞がるまでは無理をしないほうがいいね」

「……わかりました」

彼女は素直に聞き入れた。使い捨てのポリグローブを嵌めると、レーズンバターを冷蔵庫に片付ける。

それを見届けて、信充はカウンター席に戻った。

「あの、ナッツならお出しできますけど」

未散が怖ず怖ずと訊ねる。さすがにつまみもなしに飲ませるのは心苦しいと感じたのか。

「じゃあ、いただくよ」

「かしこまりました」

「あと、片付けも手伝うから、遠慮しないで言って」

「……ありがとうございます」

彼女はクスンと鼻をすすり、眼鏡を持ちあげて目許を指で拭った。親切な言葉に感激して、涙がこぼれかけたようだ。

素直な反応がいじらしい。地味な女の子という印象が強かったが、不思議と愛らしく見えてきた。

(無愛想なのかと思ったけど、そうでもなさそうだぞ)

ずっと無表情だったのは、単にひと見知りが激しいだけかもしれない。心を許せば、いずれ笑顔も見せてくれるのではないか。

未散は大学院を出たと、久実に教えられた。研究者肌なのかもしれず、そういうタイプの人間は、いかにもひと付き合いが苦手そうである。

(料理の腕はよくても、他はてんで不器用なのかもな)

彼女は学んだことが活かせないという理由で、勤め先を辞めたとも聞いた。普通なら妥協するところなのに我を通したのも、不器用さの現れと思われる。

「どうぞ」

お皿に盛ったナッツが出される。信充は「ありがとう」と礼を述べ、まずはアーモンドを摘まんだ。

「……このあいだ、鷹橋さんが見えられました」

唐突に告げられて、アーモンドのかけらが気管に入りそうになる。どうにか噎せずに済んだものの、心臓がバクバクと音を立てた。

「え、鷹橋——」

「鷹橋祥江さんです」

未散がじっと見つめてくる。また無表情に戻っていたから、どんな意図で祥江の話題を出したのか、まったく摑めなかった。

「ああ、このあいだ酔っ払ってたひとだね」

内心の動揺を包み隠して相槌を打つと、彼女が「ええ」とうなずく。さらに何か言うのかと思えば、そのまま黙ってしまった。

おかげで、信充はかえって不安を覚えた。

（祥江ちゃん、何か喋ったのか？）

店に来て、飲んで帰っただけなら、未散も話題にしないのではないか。あくまでも、お客のひとりに過ぎないのだから。

ただ、前回は酔った祥江に絡まれた挙げ句、信充が連れ帰ったのだ。単にあの厄介なひとがまた来たという意味で、話題に出したとも考えられる。

もっとも、未散はそういう噂話的なものを、好まないようにも見える。来店したという報告だけで終わったのも、思わせぶりな感じがした。

そのため、気になって仕方がない。信充はとうとう我慢できなくなって、

「祥江ちゃ——鷹橋さん、何か言ってたかい？」

と、質問してしまった。

「さあ」

未散が素っ気なく答え、他人事みたいに首をかしげる。それから、信充が手当

てした指をじっと見つめた。

(何だってんだよ、もう)

焦れったくてたまらない。さりとて、詮索しようものなら墓穴を掘り、不適切な関係を持ったと知られてしまう恐れがある。

(いや、不適切ってことはないのか)

自分も祥江も独身であり、どんな関係を持とうが自由のはず。誰にも咎める権利はない。

とは言え、そのことを知られたくないのも事実だ。未散にではない。久実にである。

「鷹橋さんが来たとき、久実さんもいたの?」

我慢できなくなって訊ねると、未散がわずかに眉をひそめた。

「どうしてそんなことを気にするんですか?」

「え?」

「オーナーが店にいるのは当たり前ですし、訊くまでもないと思いますけど」

確かにその通りである。信充は何も言えなくなった。

「高地さん、さっきからやけにオーナーのことを気にしてますよね?」

「え、そ、そうかな？」

「前に来られたときも、常連さんのテーブルにいるオーナーを、ずっと見てたみたいですし」

やはり視線に気づかれていたようだ。図星を指され、まずいと思いつつ狼狽してしまう。

「何かあったんですか、オーナーと？　最初に来られたとき、ふたりでお店に残られましたよね」

「いや、そうだけど……何かって？」

「それはわかりません」

いつしか未散は、不機嫌そうに眉をひそめていた。何があったのか知っているわけではなさそうながら、疑っているのは間違いない。

（おれのこと、女たらしだと思ってるのかも）

久実ばかりか、祥江とも関係を持ったと確信していそうだ。お客にまで手を出され、神聖な職場を荒らされたと怒っているのではないか。

いかにも真面目な未散には、きっと耐えがたいのであろう。潔癖症のようでもあるし、こんな不潔な男は許せないと、出禁にされる恐れがある。

まあ、そこまでの権限は、彼女にはあるまいが。

「わたしも飲んでいいですか？」

いきなり許可を求められ、面喰らう。未散は冷たいぐらいに真顔であった。

「え、何を？」

「ワイン」

挑むような眼差しに気圧されて、信充は「ど、どうぞ」とうなずいた。

店の女の子にお客がご馳走するなんて、普通にあることだ。ワインぐらい、べつにかまわなかったのであるが、未散がねだるとは意外であった。

（お酒が好きなのかな？）

料理以外に、カクテルも担当していると聞いたから、けっこう飲めるのだろうか。

彼女は赤ワインのボトルを取り出すと、グラスにトクトクと注いだ。それも、かなり多めに。これはかなりいけるクチらしい。

「それじゃ、いただきます」

未散がグラスを掲げる。信充も飲みかけのビールグラスを手に、「どうぞ」と応じた。

ひょっとして、一気に飲み干すのだろうか。飲みっぷりを期待して見守っていたものの、彼女はひと口飲むなり顔をしかめた。

(あれ、美味しくないのかな?)

あるいは、だいぶ前に開栓して味が落ちたのか。

「どう?」

感想を求めると、辛辣な評価が放たれた。

「ダメですね」

「美味しくないの?」

「ていうか、飲めないんです」

予想もしなかった返答に、信充は目が点になった。

「え、飲めないって?」

「お酒はダメなんです、わたし」

などと言いながら、またふた口目を喉に落とす。ただ、最初ほど不快そうではなかった。

「だけど、カクテルを担当してるって話だよね」

「はい」

「飲めなくても作れるの？」

「決まった比率で混ぜて、あとはシェイクするぐらいですから。味見はしますけど、ちょっと舐めるぐらいです」

しかし、飲めなくて酒の味がわかるのだろうか。

（ていうか、それでよくワインバーで働く気になったよな）

久実によれば、好きなことをやりたいからと、未散は求人に応募したという話だった。では、料理の腕を振るえれば、どこでもよかったということか。カクテルは必要に迫られて、手がけているだけかもしれない。

飲めないと言いながら、未散はひと口、またひと口とワインを含み、時間をかけることなく飲み干してしまった。しかもグラスを空にしてから、

「やっぱりわたしには合いませんね」

などと、身も蓋もないことを言う。

（いや、だったら飲まなきゃいいじゃないか）

それとも、女たらしの客への制裁として、お金を使わせるために無理をして飲んだのか。けれど、ワイン一杯ぐらいどうということはないし、あんなに注ぐ必要もなかったはずだ。

まったくもって理解しがたい行動に、信充はあきれるばかりだった。ところが、未散が立ちくらみでも起こしたみたいにふらつき、ワイングラスを落としたものだからギョッとする。

パリーン――。

ガラスの砕ける澄んだ音が、カウンター内に反響した。

「あっ！」

さっきの行動をなぞるみたいに、信充は彼女のところに駆け寄った。

「だいじょうぶ？」

訊ねると、「……うん」と頼りない返事。しかも、未散が支えを求めるように縋りついてきた。

「こっちに来て」

グラスの破片を踏まないよう注意して、若い従業員をカウンターの外へ連れ出す。テーブル席のソファーに坐らせると、彼女は焦点の合っていなさそうな目でこちらを見た。

「わたしをどうするんですか？」

この期《ご》に及んで、何を言っているのか。

「どうもしないよ。壊れたグラスを片付けなきゃ」

未散をその場に残し、信充はカウンターの中に戻った。割れた食器などを捨てる鉄の缶があったので、破片を拾ってそこに入れる。細かいものはホウキとちり取りで集めた。

後始末を終えて戻ると、未散はテーブルに突っ伏していた。眠いのか、気分が悪いのかわからない。声をかけると「うー」と反応があったから、すぐにどうにかなるわけではなさそうだ。

（これはもう、今夜は店じまいだな）

まだ二十三時前だが、お客が来そうな気配がない。そもそもこの様子では、未散に接客は無理そうだ。

「もう店を閉めていいよね？」

訊ねると、また「うー」と唸る。これならかまうまい。

信充は外に出て、階段下の看板を持って上がった。店の中にしまい、ドアの札をひっくり返してクローズにする。

ひと息つき、残っていたビールを空け、ナッツも食べる。それから、洗い物を流しに運んだ。

未散が急性アルコール中毒で倒れないよう、様子を窺いながら手早くグラスと皿を洗う。信充が来る前に片付けは終わっていたようで、他に必要な作業はなさそうだ。

最後にカウンターを拭き、ダスターも洗った。

「未散ちゃん、もう店を閉めて帰ろうよ」

まだテーブルに突っ伏したままの彼女の肩を揺り動かし、呼びかける。

「……もうそんな時間なんですか？」

未散が顔をあげることなく質問した。

「いや。まだ十一時だけど」

「だったらダメです。閉店は零時なんですから」

「でも、お客さんは来ないし、未散ちゃんだって接客は無理だろ？」

「……頑張ればどうにか」

「頑張っても無理だよ」

尚も駄々をこねる彼女を説得し、どうにか立たせる。エプロンをはずしてあげて、帰る支度を整えた。

「バッグはあるの？」

「レジの……一番下」

「わかった」

そこにあったのは布製の、ずいぶん長く使っていると思われるショルダーバッグだった。色褪せている上に、ベルト部分がかなりすり切れている。

（ずいぶん物持ちがいいんだな）

真面目だから無駄遣いをせず、質素な暮らしをしているのではないか。

「店の鍵は？」

訊ねると、素直にバッグから取り出した。

店内の明かりを消し、未散に肩を貸して店を出る。階段を下りるのも危なっかしく、信充は下に着くまでかなり神経を使った。

「家はどこ？」

「あっち」

彼女は口で言うだけで、指を差すこともなく俯いている。

（これじゃ、祥江ちゃんよりタチが悪いよ）

やれやれと思いつつ、「あっちってどっち？」と訊ねる。

「……北」

そうすると、駅と反対方向か。とりあえずそちらに進むうちに、未散の足取りがしっかりしてきた。いちいち確認しなくても、足が自宅のほうに向かう。

（だいじょうぶみたいだな）

ただ、ひとりで歩くのは難しそうだ。結局、信充は彼女を最後まで送り届けることになった。

2

未散の住まいは、木造の古いアパートだった。

「え、ここ？」

「そ」

鉄製の外階段をあがり、二階へ。真ん中のドアの名札差しに、荻野と書かれた紙が挟んであった。

彼女はバッグから鍵を出し、力任せに蹴飛ばしたら壊れそうなドアを開けた。

「それじゃあ、おれはこれで」

もう心配ないだろう。信充が帰ろうとすると、未散があからさまに驚きを浮かべた。

「どうしてなんですか？」

「どうしてって……ここまで来れば、もう平気だろ？」

告げると、今度は不満の面差しになる。

「鷹橋さんのときとは違うんですね」

「え？」

「ちゃんと部屋の中まで送って、とっても親切にしてもらったって聞きましたけど」

これに、信充は取り繕う余裕もなく狼狽した。

「き、聞いたって、誰から？」

口に出してから、間抜けな質問だったと気づく。そんなこと、訊ねるまでもないではないか。

未散は答えずに、ぷいとそっぽを向いた。ドアを閉めることなく、さっさと中に入る。

そのままドアを閉めて、立ち去ることは可能だった。しかし、祥江からどこまで聞いているのかが気になる。それから、久実も知っているのかどうかも。

信充も入り、後ろ手でドアを閉めた。

中も外観そのままに古びていたが、綺麗に片付いていた。入ってすぐが狭いキッチンで、食器や調理器具などは必要最低限というふう。思ったとおり、質素な生活ぶりである。

場違いなものと言えば、銀色に光るシェーカーと、床に並べられた幾種類もの洋酒の瓶だ。空ではないから、棚の中に収まりきらないぶんかもしれない。

(家でもカクテルの勉強をしているのか)

熱心だなと感心する。なのに飲めないというのだから、かなり苦労しているに違いない。

思わせぶりな態度をされ、若い娘への苛立ちが募っていたのである。だが、根はいい子なのだ。

キッチンに、未散の姿はすでになかった。

奥に続く引き戸が開いており、畳の部屋が見える。そちらも物があまりなさそうだ。

まだ完全には酔いが醒めていないようだし、すぐ眠るのかもしれない。ならば、その前に祥江とのことを話しておく必要がある。

（祥江ちゃんとのこと、久実さんがまだ知らないのなら、絶対に教えないように約束させなくちゃ）

しかし、そんなことを頼んだら、久実とのことも勘繰られてしまう。いや、店での話し振りでは、すでに知っているようだった。

未散がどこまで摑んでいるのかを、まずははっきりさせる必要がある。信充は意を決して部屋に入った。

広さは六畳間ほどだろうか。思ったとおり閑散としていた。

ベッドとソファーを兼用しているらしき、厚手のマットレスが壁際にある。そこにいた未散を目にするなり、信充は固まった。

彼女はすでにシャツもボトムも脱ぎ、下着姿で寝そべっていたのだ。

祥江は上下が揃っていなかったが、未散はどちらもネズミ色だ。上は丈の短いタンクトップ型で、ボトムは穿き込みが深い。上下とも同じメーカー名の入ったゴム部分が幅広の、スポーティなものだ。

おそらく、着やすさと動きやすさで選んだのだろう。未散は全体に華奢なからだつきだし、どちらかというと少年っぽい。胸の盛りあがりも控え目だから、ブラジャーを着ける必要がないのかもしれない。

ついまじまじと見つめてしまい、しばらく経って我に返る。

「——あ、ごめん」

急いで部屋を出ようとしたものの、

「待って！」

叫ぶような声で呼び止められ、信充は動きを止めた。恐る恐る振り返ると、未散が上半身を起こす。

「わたしが相手だと逃げるの？」

「……え、どういうこと？」

「鷹橋さんとは、あんなことまでしたのに？」

祥江の名前を出されて、信充は動揺を隠せなかった。

(じゃあ、全部知ってるのか！)

つまり祥江が喋ったのだ。なんて口が軽いのか。

とは言え、自分も節操なく女体を求めたのである。かなり破廉恥なこともしたし、彼女ばかりを責められない。

やるせなさに苛まれ、軽い自己嫌悪にも陥る。

「だったら、どうすればいいのさ？」

そんなふうに問いかけたのは、どうにでもなれと捨て鉢になったからだ。

「鷹橋さんにしたのと、同じことをして」

未散はそう言って、再び寝そべった。好きにしなさいと無言で促すみたいに、腕も脚も投げ出して。

そこまで無防備なポーズを取られれば、ためらいも薄らぐ。

（この子もセックスができれば、相手は誰でもいいんだな）

真面目な女の子だと好感を抱いていたぶん、幻滅が大きかった。

まあ、すでに二十代も後半なのだ。外見は地味でも、それなりに経験しているのだろう。でなければ、ここまで大胆なことはできまい。

だったらお望みどおりにしてやろうと、攻撃的な気持ちになる。

「わかったよ」

信充は足を進め、マットレスに近づいた。ところが、「ダメっ」と拒まれる。

「え、どうして？」

「高地さんも脱いで」

言われて、それもそうかと思う。すでに下着姿になっているのに、服を着た男にあれこれされたら、イタズラされる気分であろう。

とりあえず同じ格好になればいいかとズボンを脱ぎ、上もTシャツのみになる。しかし、未散は納得した顔を見せず、《それも》と命じるように顎をしゃくった。上半身、裸になれということらしい。

仕方なく、信充はTシャツを脱いだ。

二十八歳の女性がインナーをあらわにしているのに、股間の分身は未だ自然体だ。急な展開に、気持ちが追いついていなかったのだ。ブリーフのその部分も平坦だったから、見られても平気である。

今度は近づいても、彼女は無言だった。幾ぶん緊張した面持ちで、こちらの出方を窺っている。

(そんなに見られたらやりにくいな)

もっとも、何をするのか手順が定まっていたわけではない。

祥江にしたのと同じことをするよう言われたが、あのときは眠っているあいだにからだじゅうを嗅ぎ回ったことが、強く印象に残っている。彼女が目を覚ましてからどうしたのか、すぐには思い出せなかった。

(ええい、要は抱いてやればいいんだろう)

捨て鉢な気分でマットレスにあがり、未散に添い寝する。顔を真上から覗き込むと、なんとなく印象が違って見えた。眼鏡を外していたのに加え、どことなく怯えているふうにも映ったのだ。

そのため、やけにいたいけな感じがする。

（さっきはあんなに威勢がよかったのに）

怪訝に思ってじっと見つめると、彼女が焦ったふうに瞼を閉じた。目許も恥じらい色に染まり、女らしいか弱さが窺える。

そのため、嗜虐的な衝動がふくれあがる。こっちは年上で、しかも店のお客なのに、振り回されたことへの苛立ちもぶり返した。

（だったら、お望みどおりにしてあげるよ）

信充はからだの位置を下げ、未散の下半身に向かった。実用的なパンティが喰い込む中心部に目を凝らせば、ネズミ色の布が心なしか色濃くなっている。

（え、濡れてるのか？）

はっきりしたシミがあるわけではなく、その部分が全体に湿っているようなのだ。蒸れやすい場所だし、おそらく汗を吸っているのだろう。

それでも顔を近づけると、なまめかしい女くささが感じられる。祥江の秘臭よりも、チーズっぽさが際立っていた。

しかも、ヨーロッパあたりのナチュラルチーズみたいに、クセのあるものだ。

（これが未散ちゃんの――）

信充はたやすく劣情モードに入った。やはり女性器の匂いには、牡を昂らせる成分が含まれているようだ。

ブリーフの中で、ペニスがムクムクと膨張する。すぐにでも女体を征服したくなり、邪魔っ気な薄布に手をかけた。

ピクン――。

肉づきの薄い下半身がわななく。脱がされるとわかったのだ。まったく抵抗しないのは、早く行為を進めてほしいからだろう。

ただ、おしりを浮かせてくれなかったので、信充は自力でパンティを引き下ろさねばならなかった。

華奢なボディは、年齢ほどには成熟していないらしい。未散の秘毛は淡かった。産毛が濃くなった程度の和毛が、疎《まば》らに萌えるのみである。

それでも、陰阜《いんぷ》はふっくらと盛りあがり、そこから谷へ落ちるところにクレバスがくっきりと見えた。

（未散ちゃんのアソコだ）

そのとき、店で調理をするときの彼女が脳裏に浮かぶ。あの子の下着を脱がし、恥ずかしいところを見ている今のほうが、夢か幻ではないかと思われた。驚くほど現実感がなかったのだ。

脚を下る途中で、パンティが裏返る。秘め苑に密着していた裏地もネズミ色で、縦ジワが残る中心に生乾きの付着物があった。

生々しい痕跡を目にするなり、これは現実なのだと実感する。漂ってくる酸っぱい匂いにも、昂奮を呼び覚まされる心地がした。

ペニスは完全勃起し、ブリーフの前を雄々しく突き上げる。信充はパンティを爪先からはずすと、未散の下肢を大きく開かせた。

「うう」

羞恥の呻きが聞こえる。それを無視して、あらわに晒された秘苑に顔を近づけると、独特のチーズ臭が鼻奥にまで流れ込んだ。

(ああ、すごい)

遮るものがなくなって濃密さを増した淫臭が、本能に働きかける。すぐにでも女芯を貫きたかったものの、それよりは味わいたい気持ちが強まった。

セピア色の花弁をちょっぴりはみ出させる恥裂は、合わせ目が赤らんでいる。

陰部全体は色素の沈着が見られないため、幼い印象を受ける眺めだ。愛らしさゆえに、口をつけずにいられなかった。

彼女はセックスを望んでいるのであり、遠慮は無用だ。しっかり濡らさなければいけないし、許可はいらないはず。

信充はいたいけなクレバスにキスをし、湿った合わせ目を舌先でなぞった。

「ンふ」

未散が喘ぎ、下腹をヒクヒクさせる。感じているのだ。

(いやらしい子だ)

情欲のままに、舌を谷にもぐり込ませる。内部には温かな蜜が溜まっており、粘っこいそれはわずかに塩気があった。

淫らなチーズ臭には、オシッコの香りも含まれていた。飾り気のないそれにも煽られて、信充が舌を動かしかけたとき、

「イヤッ!」

鋭い悲鳴が六畳間に響き渡ったものだから仰天する。

(え、なんだ?)

続いて、目の前の細腰が逃げようとする。信充は咄嗟に捕まえ、太腿を肩に抱

え込んだ。

「バカバカ、や、やめてっ」

未散が足をジタバタさせて暴れる。自らからだを与えておきながら、どうして嫌がるのかさっぱりわからなかった。

（まったく、おとなしくしてろよ）

敏感なところだし、ひょっとしてくすぐったいのかと信充は考えた。だったら感じさせればいいと、舌を激しく律動させる。

「あひッ」

案の定、彼女は腰をガクンとはずませると、抵抗が薄らいだ。あとは「イヤぁ」と嘆きながらも、切なげに喘ぐようになる。

（ほらみろ、ちゃんと感じるんじゃないか）

手柄を立てた気分で、女芯ねぶりを続ける。舌が敏感な真珠を捉えると、内腿が頭をギュッと挟み込んだ。

「ダメ……やめてぇ」

抗う言葉も弱々しい。本心ではないと思ったから、信充は無視してクンニリングスを続けた。

唾液を塗り込められた粘膜がヒクつく。腰もくねくねと揺れていたから、快感を得ているのは間違いなかったろう。

ただ、未散は喘ぎ声が一定で、上昇する気配がない。クリトリスを重点的に攻めても同じであった。

（まだ肉体が目覚めていないのかな？）

からだつきも華奢だし、二十八歳にしては色気もない。性の歓びに目覚めていない可能性がある。

だったらどうして、彼女から求めてきたのだろう。べつに快感が得られなくても、スキンシップだけで満足なのか。

そんな疑問を抱きつつ、溢れる愛液を舐めすすっていると、

「う……ううッ」

すすり泣く声が聞こえてドキッとする。

（え？）

どこから聞こえるのかなんて、考えるまでもない。未散が泣いているのだ。

さすがに無視できなくて、信充は口淫奉仕を中断した。

「ちょっと、どうしたんだよ？」

身を起こして声をかける。だが、彼女がボロボロと涙をこぼしているのを目にして、これはまずいと慌てた。

(え、どうして――)

裸の下半身から離れ、脇に膝をついて覗き込む。未散は両手で顔を覆い、イヤイヤをした。

「た、高地さんのバカ……ヘンタイ」

涙声で罵られ、途方に暮れる。

「だって、未散ちゃんがしてほしいって言ったんじゃないか」

「だからって、いきなりアソコを舐めるなんて……洗ってないし、よ、汚れてるのに」

そんなことはない、とってもいい匂いがしたなんて言おうものなら、いっそう泣かれるのは目に見えている。

(ようするに、クンニリングスがまずかったのか?)

だが、彼女は祥江にしたのと同じことをするように求めたのである。話を聞いていたのなら、当然わかっていたはずだ。

未散が顔の手をはずす。涙で濡れた目許が痛々しく、信充は罪悪感に駆られた。

そのため、

「ごめん……」

と、頭を下げたのである。しかし、その程度では、彼女の気がおさまらなかったらしい。

「まったく、鷹橋さんにもこんなことをしたんですか!?」

睨まれて、首を縮めたものの、(あれ?)となる。

「こんなことしたのって……未散ちゃん、おれが何をしたのか、鷹橋さんに聞いたんじゃないの?」

問いかけに、未散は《しまった》というふうに口をつぐんだ。それですべてを理解する。

「てことは、おれが鷹橋さんと何かしたんじゃないかってのはただの推測で、カマをかけたんだね」

断定すると、彼女は気まずげに下唇を噛んだ。

3

祥江が再び店に来たのは事実だった。けれど、信充と何があったのかなんて、まったく喋っていないという。

ただ、信充がいつ来るのかとか気にしていた様子だったから、未散はもしやと思ったという。

「だいたい、男性が酔った女性を送ったら、そうなるのは自然じゃないですか」

未散が口を尖らせて主張する。ハーフトップの下着のみという彼女は、マットレスに脚を流してぺたんと坐り、両手首を股間に挟んでいた。

下半身があらわだし、ポーズだけならエロチックである。だが、太腿の肉づきが薄いために、痛々しさのほうが強い。そのため、同情心が募ったものの、

(いや、自然って)

未散の言い分には、信充はあきれるしかなかった。どうやら彼女は、男はみんな送り狼だと思っているらしい。

しかし、それだったら男を軽蔑して、こんなふうに誘惑するような真似はしな

いのではないか。

「つまり、鷹橋さんとのことをネタにおれを脅して、あわよくばからだの関係を持とうとしたってことなんだね」

不愉快さを隠さずに告げても、未散は悪びれなかった。それどころか、

「脅すなんて、人聞きが悪いわ」

と、逆に信充を責める。

「それに、オーナーといい関係になっておきながら、他の女性ともいやらしいことをした高地さんに、わたしを責める資格はないと思いますけど」

言われて動揺しかけたものの、どうせまたハッタリだろうと平静を装う。

「もうその手は食わないよ」

せせら笑うように反撃すると、未散が大袈裟にため息をついた。

「誤魔化さなくてもいいですよ。オーナーが気に入ったお客さんをつまみ食いするのは、初めてじゃないんですから」

これに、信充は大いにうろたえた。

「え、ど、どういうこと?」

「オーナーは女盛りですし、独り身だから男が欲しくなるのは当然でしょ」

詳細を口にせずとも、それだけで充分だった。

(じゃあ、久実さんは――)

これまでもお客と閉店後に飲み、ひとときの快楽を貪り合ったというのか。いや、店内に限らず、今日のように店の外で飲み、そのままホテルにというパターンも考えられる。

自分だけが特別だと思っていた信充は、心底がっかりした。来店した初日に濃厚なサービスをされ、すっかり有頂天になったものだから、その後も「愛人」を訪れたのだ。久実を目当てに。

(もしかしたら、あの手で常連客を増やしてるのかもしれないな)

店の名前も、お客の恋人という意味で付けたのか。いや、いっそ中国語ではなく、日本語の愛人そのままではないか。

すっかり騙されたとわかって、荒んだ心持ちになる。ずっと期待していた自分が滑稽で、情けなさが募った。

「それじゃあ、未散ちゃんも久実さんみたいに、お客といやらしいことをするのが趣味なのかい?」

やり切れない思いをぶつけるように、年下の女の子を貶める発言をしてしまう。

それもまた、信充を自己嫌悪に陥らせる。

「わたしはそんなことしません」

未散はきっぱり言ったものの、男の前にあられもない姿を晒しているのだ。まったく説得力がない。

「本当に?」

「ええ。だって、わたし処女ですから」

またも驚くべきことを口にされ、信充は絶句した。

(処女って……え?)

こういうことになる前であれば、おそらくは告白を素直に信じられたであろう。しかし、罠にかかって部屋に誘われ、挙げ句秘められたところまで味わったあとでは、到底受け入れがたかった。

「だったら、どうしてこんなことを?」

大胆な行動に出た理由がわからず、疑問を口にする。

いや、まったく見当がつかないわけではない。二十八にもなってバージンなのが恥ずかしいから、早く体験したいと望んでも不思議ではなかった。

ただ、どうして自分が、その相手に選ばれたのか。

「どうしてって？」

未散が怪訝な面持ちを見せる。質問の意味がわからないわけではあるまい。

「つまり、早く処女を捨てたいから、こんなことをしたっていうのかい？」

「まあ、そうですね」

「じゃあ、おれが店に行ったときから、こうするつもりだったの？」

「いいえ」

首を横に振った彼女が、じっと見つめてくる。

「……高地さんが誘ったから」

「おれが？　いつ!?」

「わたしに、店が終わるまでひとりなのかって」

言ったことすら忘れても不思議ではない、たわいもない問いかけだ。なのに、信充がそれを憶えていたのは、未散の反応が不自然だったからである。あれは、名前をちゃん付けで呼ばれたためかと思っていたのだが。

「それを誘ったって意味に受け取ったのかい？」

「そういうわけじゃなくて、オーナーのときみたいに、店が閉まったあとに何かするつもりなのかと思って」

「まさか。考えすぎだよ」

「わかってます」

未散はあっさりと認めた。

「ただ、そのせいでわたしが意識して、お酒を飲めば妙な考えから逃れられると思ったんです。だけど、逆効果でした」

慣れない酒が理性を狂わせ、かえって大胆になったらしい。そして、いざ走り出したら止まらなくなったのだろう。

「だけど、どうしておれなの？」

最も気になったことを、信充は訊ねた。

「え、どうしてって？」

「だから、おれを初体験の相手に選んだ理由だよ。まさか、おれが思わせぶりなことを言ったふうに聞こえたからって、それだけで？」

「いえ……高地さんが相応しいと考えたからです」

「だから、その理由だよ」

「わたし、男性が苦手なんです」

唐突な発言に面喰らいつつ、そうかなと首をかしげたのは、今は普通に自分と話しているからだ。店でだって会話ができていたし、そもそも男が苦手だったら、こうして部屋に入れるのだって無理なはず。

(まあ、たしかに愛想はよくなかったけど)

無表情で、何を考えているのかわからないところはあった。あれも男を苦手にしているから、自然とそうなったと受け止められなくはない。

「でも、苦手っていうわりに、おれとはこうして――」

「だから、高地さんだけは平気なんです」

「え?」

「わたし、お店でも、高地さん以外の男性のお客さんと、話をしたことなんてないんですから」

初日には、信充は未散と言葉を交わした記憶がなかった。お勧めだというレーズンバターを褒めて、ちょっとだけ表情が緩んだのを目にした程度だ。

ただ、二回目の、祥江と会ったあの日は、けっこうやりとりがあったのではなかったか。久実が常連客のテーブルにいたから、他に話し相手がいなかったためもあるが。

というより、信充の問いかけにも、未散は自然な受け答えをしていた記憶がある。むしろ彼女のほうから、常連客のことなどあれこれ教えてくれたのだ。

「話のできる男性客って、本当におれだけ？」

疑念を消せぬまま問いかけると、未散は「はい」と即答した。

「そりゃ、注文を受けたら、かしこまりましたぐらいは言いますけど、他は全然。世間話とか、わたしには無理なんです。だから、男性のお客さんは、すべてオーナーに任せているんです」

「でも、どうしておれだと平気なの？」

「それは――わかりません」

未散が困り顔で首をかしげる。

「いや、わからないって」

「そういうことって、けっこうあると思うんです。たとえば恋愛でも、誰かを好きになって、どうして惹かれるのか説明できないなんてこと、普通にあるじゃないですか」

言われて、信充は狼狽した。

（じゃあ、未散ちゃんはおれのことを？）

ひと回り以上も年上の男に、恋愛感情を抱いているのかと受け止めたのだ。しかし、本人があっさりと否定する。

「ただ、わたしが高地さんだと平気っていうのは、好きって気持ちとは違います。本当に好きだったら、かえってしゃべれなくなるものでしょ？　もちろん、部屋に誘うなんて絶対にできません」

断言され、それもそうかと納得する。信充はホッとしたような、がっかりしたような、複雑な心境であった。

「高地さんの場合は、お気に入りのものを見つけたときと似ていると思うんです。他人の目には価値がさっぱりわからなくても、当の本人は絶対にこれって執着するみたいな」

その説明はわかりやすかったものの、

（つまり他の女性から見れば、おれはつまらない男だっていうのかよ）

信充は曲解し、失礼だと憤慨した。

「で、その与《くみ》し易《やす》い相手、つまりおれとなら、初体験ができるだろうって考えたのかい？」

「はい、そうです」

「だけど、そんな理由で処女を捨てるのは、正直賛成できないな。それこそ好きなひとができてからでも遅くないだろうし、おれなんかとしたら後悔するんじゃないの?」

年上らしく諭すと、未散があきれた面持ちを見せる。

「それって、ある意味正論でしょうけど、現実問題として受け入れがたいです」

「え、どうして?」

「仮に、わたしに好きなひとができても、そのひとがわたしを好きになってくれるか、あるいは抱いてくれるっていう保証はありません」

「まあ、それは……」

「もうひとつ、わたしが処女を卒業したいのは、それで男性への苦手意識がなくなるんじゃないかと思ったからです。客商売に携わっていて、男性と話ができないっていうのは致命的ですし、自分を変える必要があるんです」

「それじゃあ、仕事のためにってこと?」

「もちろん、プライベートも関係しています。苦手だっていう気持ちがなくなれば、恋愛だってうまくいくはずです」

大学院を出た才媛だけあって、未散は何事も理詰めで考えるたちらしい。そこまで心が決まっていては、何を言っても無駄だろう。

ただ、こっちの意向を無視して進められても困る。

「未散ちゃんの希望はよくわかったけど、おれが拒んだらどうするつもり？」

「え、セックスしたくないんですか？」

驚きを浮かべられ、信充は馬鹿にされた気分だった。

（おれは盛りのついたケモノかよ）

節操なく女を抱きたがる男のように決めつけられ、正直面白くなかった。すると、彼女が薄く笑みを浮かべ、大きくかぶりを振る。

「そんなことないですよね。だって、オーナーとだけじゃなくて、鷹橋さんとも関係を持ったんですから」

事実を突きつけられ、信充は反撃できなくなった。

「それに、わたしのくさいアソコを舐めたあとで、高地さんは勃起してたじゃないですか。今は小さくなってますけど」

処女の視線が、ブリーフの股間に向けられる。信充は焦ってそこを両手で隠した。

（いや、見てたのかよ？）

辱められて泣いていたはずが、牡の状態をしっかり観察していたらしい。まったく、油断も隙もないバージンだ。

「だから、わたしともしたいんですよね」

問いかけではなく断定の口調で言われ、もはやぐうの音も出なかった。

「ああ、そうだよ」

ヤケ気味に返答すると、未散が真顔になる。

「だったら、してください」

坐っていた脚を崩し、両膝を立てる。それをMの字に開いたものだから、信充は思わずナマ唾を呑んだ。さっきねぶった秘宮が、大胆に晒されたのだ。

未だ男を受け入れていないと知ったことで、清楚な佇まいがいっそう神々しく映る。これを自分が散らすのかと思うだけで、海綿体に新たな力が漲りだした。

(……そうか。未散ちゃんは名前のとおりに、未だ散ってなかったんだな)

今さらどうでもいいことに気づきつつ、信充は無言でうなずいた。

4

自ら恥芯を見せつけておきながら、身を屈めた信充がそこに顔を近づけると、未散は「やぁん」と嘆いた。

「ま、また舐めるんですか？」

声を震わせて訊ね、肉唇の合わせ目をキュッとすぼめる。言葉とは裏腹に、早く舐めてせがんでいるように映った。

「そうだよ」

あっさり認めると、彼女が「うう」と呻く。

「男と女が抱き合えば、そういうことをすることぐらい知ってるよね？」

「それは、まあ」

処女でも二十八歳だ。性的な知識はちゃんとあると見える。

「でも、イヤじゃないんですか？」

「どうして？」

「だって……キタナイし、くさいし」

どうやら不浄の部分であるという意識が強いらしい。口振りからして、洗えばいいと思っているわけでもなさそうである。

「未散ちゃんのこと、おれは汚いなんて思わないよ。からだのどこだって」

「……どうして？」

「さあ。それはわからないけど」

さっきのお返しでもなく告げると、彼女はわずかに眉をひそめた。

「それに、くさくなんてない。すごくいい匂いだ」

恥芯の間近で小鼻をふくらませる。さっき、唾液をたっぷりと塗り込めたはずが、その部分は彼女本来のかぐわしさを取り戻していた。

「い、いい匂いって、そんなわけないでしょ」

羞恥に抗いきれず、未散が後ずさろうとする。その前に、信充は穢れなき媚芯にくちづけた。

「キャッ」

悲鳴をあげた彼女が、裸の下半身をガクンとはずませる。それで腰砕けになったみたいに、後ろへ倒れ込んだ。

さらに舌を躍らせると、「あ──あふ」と切なげに喘ぐ。

(さっきよりも感じてるみたいだぞ)

最初は口淫奉仕に対する準備が整っておらず、忌避感もあって肉体が悦びを拒んだのではないか。少なくとも今は受け入れているようだ。

信充はいったん口をはずし、「どんな感じ？」と訊ねた。

「どんなって……わ、わからないです」

呼吸を乱しながら、未散が答える。

「気持ちよくないの？」

「……くすぐったい感じ」

からだつきと同様、まだ性感が発達していないのだろうか。

「ここ、自分でさわることってないの？」

敏感な肉芽が隠れているところを圧迫するようにこねると、「はひっ」と鋭い声がほとばしった。

「そ、それは――」

言い淀んだということは、オナニーの経験はあるのだ。

「ひょっとして、毎晩いじってる？」

「そんなにしませんっ」

「じゃあ、週に二、三回？」

今度は返答がない。頻度はともかく、自慰が習慣になっているのは間違いなさそうだ。

（てことは、イッたこともあるんだな）

ならば、クンニリングスでも快感はあるはず。恥ずかしさから、感じないよう懸命に堪えているのではないか。

だったら尚のこと、はしたない声を上げさせたくなる。

再び恥割れに吸いつき、信充は秘核を重点的に責めた。直に舐めたらくすぐったがるだろうと、包皮越しにはじくようにする。

「あ、あ、ああっ」

適度な刺激を受けて、声が艶っぽくはずみだした。細腰もくねくねと左右に揺れる。

粘っこい蜜が湧出量を増す。それを舌ですくい取り、硬くなったクリトリスにまぶすと、下腹の波打ちが大きくなった。

「だ、ダメ、イヤぁ」

拒む言葉を口にしつつも、逃げようとはしない。息づかいがハッハッと荒くなった。

(ああ、感じてる)

反応はおとなしいぐらいなのに、いやらしいことこの上ない。何しろ、男を知らない処女が、秘部を舐められてよがっているのだから。

そろそろいいだろうと、包皮を脱いだ花の芽をついばむように吸う。舌先でチロチロとくすぐれば、「あああっ」と嬌声がほとばしった。

「そ、そんなにしないでぇ」

太腿が閉じられ、頭を強く挟む。かなりのところまで高まっているのを察して、信充はいっそう激しく舌を躍らせた。

「だ、ダメ、ホントにダメ……あ、あ、ああっ!」

華奢なボディがぎゅんと強ばる。「う、ううっ、うっ」と、苦しげな呻き声が聞こえた。

(イッたんだ)

細かな痙攣を示したのち、力尽きた両脚がマットレスに投げ出される。

「ふはっ、ハッ、はあ」

深い息づかいを耳にして、信充は秘芯から口をはずした。

未散は目を閉じ、ぐったりしている。ハーフトップに包まれた胸が、余韻にひたるみたいに上下した。

さんざんねぶられた陰部は赤みを帯び、ほころんだ割れ目から花びらがはみ出している。痛々しい眺めに、信充はやりすぎたかなと反省しつつ、しどけなく横たわる彼女に劣情が募った。

ペニスはいつの間にか最大限の膨張を示し、ブリーフの前を突きあげている。てっぺんにはカウパー腺液の染みもあった。

(うう、すごく勃ってる)

薄い布でも、包まれていると邪魔っ気だ。信充は素っ裸になり、未散に添い寝した。

「だいじょうぶ?」

顔を覗き込んで声をかけると、瞼が薄く開いた。焦点の合っていなさそうな黒目が、左右に動く。

「あ――」

信充と目が合うと、彼女は焦って顔を背けた。頬がみるみる赤く染まる。

「イッたの?」

わかりきったことを問いかけると、クスンと鼻がすすられる。

「い、イジワル」

横目で睨み、涙を滲ませる。いじらしい反応に、信充はときめかずにいられなかった。

（可愛い子じゃないか）

地味という印象が強かったし、からだつきも少年っぽい。それでも、女としての魅力がちゃんとあるではないか。

すると、未散が意を決したふうにこちらを向いた。

「……キスしてください」

潤んだ目でお願いして、瞼を閉じる。突き出された唇が震えているから、キスも初めてに違いない。

ファーストキスの相手になることに、いいのかなと思わないではなかった。このあと処女を奪うわけだが、唇は処女膜以上に神聖な感じがするのだ。

それでも、躊躇したのはほんのわずかな時間だった。

甘い吐息をこぼす唇に、信充は自分のものを重ねた。最初は遠慮がちだったが、彼女がじっとしていたものだから、徐々に強く押しつける。

さすがにそれ以上のことをするのはためらわれるのである。ところが、未散が舌をはみ出させ、こちらの唇をチロチロと舐めてきた。

処女なのにここまで積極的なのは、本物のオトナになりたい気持ちの表れなのか。だったら遠慮する必要はないと、信充も舌を戯れさせた。

「ンふ」

小鼻をふくらませ、悩ましげに身をくねらせる処女。間近にある面差しが、徐々に女のそれになってきた。

いや、いっそ淫らである。

(未散ちゃん、すごくエッチな顔になってるぞ)

煽られて、舌を深く絡ませる。ワインの風味が残る唾液を与えられ、酔ってしまいそうだ。

もっと親密にふれあいたいと、くちづけをしながら秘苑をまさぐる。クンニリングスで頂上に至ったそこは熱く蒸れ、指が溺れそうに潤っていた。

(ああ、こんなに濡らして)

キスで昂り、愛欲の蜜を溢れさせたらしい。肉体はまだ発展途上かと思っていたが、どうしてどうして、牡を受け入れる準備は整っているではないか。

まるで、ここに来て肉体が、一気に花開いたかのよう。いや、このときを長らく待ちわびていたに違いない。

濡れ園を愛撫され、未散が身をくねらせる。呼吸が続かなくなったか、鼻息がふんふんとこぼれた。

唇をはずすと、彼女が「はあ」と息をつく。胸を大きく上下させながら、陶酔の面差しで見つめてきた。

「今のがオトナのキスなんですね」

自分からそうするよう仕向けたのに、すべて教えられたみたいに言う。そんなところもいじらしい。

「そうだよ」

「とっても気持ちよかったです」

偽りのない言葉に、愛しさがこみ上げる。同時に、もっといやらしいことがしたくなった。

信充は処女の手を取ると、猛るシンボルへと導いた。

「あ――」

秘茎に指を巻きつけるなり、未散が身を強ばらせる。反射的になのか、握り手にキュッと力を込めた。

「あふ」

快さが広がり、信充は喘いだ。

「すごい……本当に、こんなになるんですね」

手にした牡器官に、彼女はたちまち興味を惹かれたふうだ。「見せてください」と告げ、身を起こしたぐらいだから。

信充が仰向けに寝そべると、未散が腰の横に膝をつく。身を屈め、脈打つ屹立に顔を寄せた。

(ああ、そんな近くで……)

息のかかりそうな距離に、羞恥が募る。しかし、彼女はもともと眼鏡をかけていたのだ。近視ならば、そこまでしないと観察できないのだろう。

「これが勃起したペニスなんですね」

生真面目な面持ちで、未散がストレートな言葉を口にする。血管の浮き出た包皮を上下に動かし、亀頭に被せてなるほどという顔でうなずいた。さらに、くびれの段差を指でなぞる。

「ううう」

くすぐったさの強い気持ちよさに、信充は呻いた。肉根がしゃくり上げるように脈打ち、尿道を熱い粘りが伝う。

「すごく硬い。あ、もうカウパー腺液が出てきましたよ」

鈴口に溜まった透明な雫に目を細め、指先でちょんと突く。糸を引いて粘ついた。

「ヌルヌルしてる。やっぱりオシッコとは違うんですね」

バージンなのに、男性器に関してかなりの知識があるらしい。いずれ体験する日のために、事前学習を積んでいたのか。

とは言え、感心してばかりもいられない。

(そんなに近くだと、臭うんじゃないか?)

今夜も久実との密事を期待して、出かける前にシャワーを浴び、股間もしっかり清めたのだ。けれど、時間が経ったから、いくらかは蒸れているはず。

現に、未散は悩ましげに小鼻をふくらませている。

(そんなに嗅がないでくれよ……)

思ったものの、仮に頼んでも一笑に付されるのは目に見えている。信充は彼女の洗っていない秘部を嗅いだだけでなく、舐め回したのだから。

ヘタなことを言ったら、仕返しに辱められる恐れもある。ここは黙っているのが得策と考えたところで、処女の手が陰嚢を捉えた。

「むふっ」

ムズムズする悦びが生じて、太い鼻息がこぼれる。だが、未散は快感を与えようと、そこに触れたわけではなかった。

「これがキンタマなんですね」

一転、子供っぽい俗語を用いられ、どぎまぎする。そっちほうが、かえって淫らに感じられた。

彼女はシワ袋を無邪気に弄び、中の睾丸を確かめた。

「あ、本当にふたつある」

文字通りオモチャにされ、顔から火を噴きそうだ。そのくせ、分身は恥じ入ることなく威張りくさり、亀頭を破裂しそうに膨張させる。

「あの……お願いしてもいいですか？」

不意に未散が真面目な顔を向けてくる。

「え、なに？」

「わたし、射精が見たいんです。精液が出るところ」

バージンを卒業するという目的より、今は好奇心が先に立っているらしい。しかし、そんなところまで見られるのは、さすがに居たたまれない。

「いや、それは……」

断ろうとしたものの、訴えかけるような視線に拒めなくなる。それに、何も知らない娘にほとばしるザーメンを見せつけたいという、背徳的な欲求も湧きあがった。

「未散ちゃんがしてくれるのならいいよ」

許可すると、嬉しそうに白い歯をこぼす。

「うん。ありがとう」

彼女のちゃんとした笑顔を目にしたのは初めてで、信充は胸が締めつけられるようであった。

(こんな可愛い顔もできるんじゃないか)

店でも明るく振る舞えば、看板娘として人気が出るに違いない。そうなるためにも、男を知る必要があるのだ。

握り直した筒肉を、未散がしごく。頂上に導く方法はわかっているようでも、初めてだから覚束ない。試行錯誤しているのが見て取れた。

それでも、やはり聡明な子だ。程なくコツを摑んだようで、手の動きがリズミカルになる。包皮を巧みに上下させ、適度な刺激で亀頭を摩擦した。

「う——むうぅ」

快美に目がくらみ、腰が自然と浮きあがる。信充は呻き、もたらされる歓喜に漂った。

ハーフトップだけを身に着けた、処女に奉仕されている。いけないことをさせているという罪悪感も、快感に取って代わるようだ。

クチュクチュ……。

小さな粘つきが聞こえる。滴る先走り汁が包皮に巻き込まれて、泡立っているのだ。

猛るシンボルを見られるよりも、欲望をあからさまにする音を聞かれるほうが恥ずかしい。咳払いをして誤魔化したくなったものの、かえって変に思われるだろうからやめておいた。

「すごい……ゴツゴツしてる」

未散がつぶやく。手にした屹立を見つめる目が濡れていた。息づかいも心持ちはずんでいる。

裸の腰が物欲しげに揺れているのを見て、信充はもしやと思った。

(未散ちゃん、昂奮してるのか?)

初めて牡の性器を愛撫し、精液がほとばしるのを待ちわびながら、劣情を高めているというのか。

彼女の昂りが伝染したみたいに、信充も上昇する。ペニスの根元で、愉悦のトロミが早く出たいと暴れ出した。

「未散ちゃん、もうすぐだよ」

告げると、彼女が無言でうなずく。握りを強め、しごくスピードもあがった。

それにより限界が迫る。

「う、あ、あっ、いく」

絶頂を口にするなり、目の奥に火花が散る。腰が意志とは関係なく上下に暴れ、下半身が甘く蕩けた。

びゅくんっ――。

大きくしゃくり上げた肉茎の中心を、熱い滾りが駆け抜ける。目のくらむ快美を伴って。

「キャッ」

未散が悲鳴をあげ、手の動きを止める。

「あ、駄目、続けて」

咄嗟に声をかけると、彼女は素直に手淫を再開させた。おかげで、樹液が次々と宙に舞う。

「あん、すごい。こんなに」

初めて目の当たりにする射精に、未散は瞳を輝かせた。何も出なくなったあとも、もっと見たいとばかりにしごき続ける。

そのせいか、牡根は硬くそそり立ったままであった。

「も、もう出ないよ」

過敏になった亀頭をしつこく刺激され、信充のほうが音を上げる。からだのあちこちが細かく痙攣し、喉がゼイゼイと鳴った。

ようやく手を止めて、未散が「ふう」とひと息つく。強ばりから手をはずし、指に絡みついた白濁液を目の前でまじまじと観察した。

「これが精液なんですね」

鼻先にも寄せ、スンスンと嗅ぐ。

「本当だ。栗の花みたいな匂いがする」

知識と合致したようで、はずんだ声をあげた。

信充はマットレスの上でぐったりと手足をのばし、なかなかおとなしくならない呼吸を持て余した。

（……気持ちよかった）

肉体ばかりでなく、心情的な悦びも大きい。初めて男のモノを愛撫した処女にイカされたからだ。

「どうでしたか?」

感想を求められ、信充は「すごくよかったよ」と答えた。しかし、それでは足りない気がして、

「未散ちゃんの手、とても気持ちよかったし、しごくのも上手だった」

と、息をはずませながら褒めた。

「ホントですか?」

未散がはにかんで笑みをこぼす。

「ああ。だからいっぱい出たんだよ」

実際、濃い精液が、腹部に淫らな模様を描いている。すべて拭うのに、ティッシュをかなり消費することになるだろう。

「だけど、精液を出したら、ペニスは小さくなるって聞きましたけど」

まだ頭部を赤く腫らしたままの男根を横目で見て、未散が首をかしげる。

「それも気持ちよすぎたからだよ。もっとしてほしくて、小さくならないんだ」

「そうなんですか?　あ、ちょっと待っててください」

彼女は立ちあがると、キッチンのほうにさがった。水音が聞こえ、間もなく戻ってくる。その手には、濡らして絞ったらしきタオルがあった。

「これ、拭きますね」

粘つくザーメンが、最初にティッシュでざっと拭い取られる。それから濡れタオルが使われ、腹だけでなく汗ばんだ股間や、ペニスも丁寧に清められた。

「ううぅ」

タオルの冷たさと、ザラッとした感じがたまらない。未散を待つあいだに力を失いかけていた分身が、勢いを取り戻した。

「ふふ、元気」

彼女が楽しげに言う。これから処女地を切り裂かれることへの恐怖など、微塵もなさそうだ。

ピンとそそり立ったモノから、タオルがはずされる。

「ほら、ピカピカになりましたよ」

張り詰めた亀頭粘膜が、赤みを著しくしている。生々しい眺めに、信充は思わず眉をひそめた。

だが、未散のほうは、むしろ淫らな心を煽られたらしい。清めた筒肉に指を巻きつけ、ゆるゆると摩擦した。

「これがわたしの中に入るんですね」

表情に浮かぶのは怯えではなく、期待のようだ。早く大人の女になりたくて、ウズウズしているふう。

信充のほうも、彼女とひとつになりたい気持ちが高まる。猛るものを、誰にも侵略されていない蜜穴で締めつけられたかった。欲望液を多量に放出したばかりにもかかわらず。

「じゃあ、する？」

短く問いかけると、未散が「はい」と返事をする。ところが、

「あ、ちょっと待ってください」

そう言って、いきなり顔を伏せる。何をするのかと考える間も与えず、紅潮した亀頭を頰張った。

「え、ちょっと――」

焦るなりチュッと吸われ、後頭部を殴られたような強烈な快感が生じる。

「むううう」

たまらず呻き、四肢をわななかせてしまう。

彼女は含んだものをペロペロと舐めるだけで、慣れていないのがあからさまだ。まあ、初めてだから当たり前なのだが。

それでも、処女の口唇を穢《けが》しているという背徳感から、悦びがうなぎ登りとなる。陰嚢が下腹にめり込みそうなほど持ち上がったのがわかった。

未散がしゃぶっていたのは、ほんの二、三分だったろうか。口をはずし、ひと仕事終えたみたいに「ふう」と息をつく。

「フェラチオって、けっこう難しいんですね」

「み、未散ちゃん」

「わたし、やってみたかったんです」

せっかくの機会だからと経験したらしい。だが、彼女の希望に付き合っていたら、いつまで経っても目的が達成できない。

「そういうのはあとでいいから、今は──」

「わかってます」

未散が素直にうなずく。交代して、彼女はマットレスに仰向けで寝そべった。ハーフトップを着けたままだったので、

「それ、脱がないの？」

信充は訊ねた。

「脱ぎたくないです」

即答され、「どうして？」と質問すると、

「わたし、おっぱいが小さいから、恥ずかしいんです」

未散が上目づかいで睨んでくる。多少はふくらんでいるようながら、もしかしたらパッドが入っているのかもしれない。

コンプレックスなら暴く必要はないと、それ以上触れないことにする。今は無事に初体験を遂げさせてあげることが重要なのだ。

信充は彼女の両膝を立たせ、大きく開かせた。女芯をあらわにすれば、合わせ目が透明な蜜で濡れきらめいていた。

クンニリングスで絶頂させたとき、愛液はほとんど舐め取ったのである。それは新たに滲み出たものに違いない。

（やっぱり昂奮してたんだな）

男根に手で施しを与えながら、腰を物欲しげにくねらせていたのを思い出す。

あのときから、秘苑が潤っていたのだろう。

脚を開いた正座の姿勢で、信充は進んだ。腿のあいだに細腰を挟み、反り返る分身を前に傾ける。

しゃぶられたばかりの亀頭で恥割れをこすると、そこからクチュクチュと水音がこぼれる。奥に溜まっていた愛液がトロリと溢れ、張り詰めた粘膜を卑猥にヌメらせた。

「あふぅ」

未散が悩ましげに眉根を寄せる。華奢なボディがブルッと震えた。処女地をペニスでこすられて、感じているのだ。

「お願い……じ、焦らさないで」

潤滑しているだけなのに、待ちきれない様子。もう、すぐにでも貫かれたくなっているようだ。

「それじゃ、挿れるよ」

「はい」

信充は彼女にのしかかるようにして、女体の奥へと身を沈めた。

「あっ、あ――」

未散が喘ぎ、身を堅くする。けれど抵抗することなく、掲げた両脚を牡腰に絡みつけた。

（うう、キツい）

そこは関門が行く手を塞ぐというより、全体に狭かった。それでも、豊潤な蜜汁が助けになり、秘茎はずむずむと侵入する。

「ううう」

苦しげな呻きが聞こえる。しかしながら、ふたりの陰部が密着するまでのあいだ、痛みが訴えられることはなかった。

「あふっ」

根元まで受け入れてから、未散が喘ぎの固まりを吐き出す。

「入ったよ」

告げると、瞼が開かれる。澄んだ目は、今にも泣き出しそうに潤んでいた。

「痛い？」

「……ううん。中にいっぱい詰まってる感じで、ちょっと苦しいだけ」

「そう。これで未散ちゃんは、女になったんだよ」

きっと満足しているはずと思えば、「まだです」と真顔で返された。

「え、まだって？」

「高地さん、わたしの中でイッてないじゃないですか」

言われて、信充は戸惑った。彼女にとってのロストバージンは、膣内で男が果てて初めて成就されるものらしい。

「ちゃんと中で出してもらえないと、本当にオンナになったとは言えません」

セックスはふたりでするものであり、挿入して終わりではない。未散は女として、男を満足させなければ意味がないと考えているようだ。

「だけど、だいじょうぶなの？」

妊娠を心配したのであるが、聡明な娘は抜かりがなかった。

「はい。わたし、生理が重くって、ピルを飲んでるんです。だから、高地さんがさっきみたいにいっぱい出しても、赤ちゃんはできません」

実にしっかりした子だ。信充は安心すると同時に、健気さにもうたれた。

「未散ちゃん」

呼びかけて、唇を重ねる。突然でびっくりしたのか、彼女は身を強ばらせたものの、程なく緊張を解いた。

ふたりの舌が絡み合う。さっき以上に情感のこもったくちづけに、全身が熱くなった。

愛しさに衝き動かされ、腰も動かす。小刻みな抽送で蜜穴を抉ると、内部が少しずつほぐれてきたのがわかった。

(ああ、気持ちいい)

上も下も深く繋がり、一体感が大きくなる。悦びも増大し、いつしか腰づかいが荒々しくなった。

「ぷは——」

くちづけを解いた未散が、濡れた瞳で見つめてくる。

「あん……高地さんのペニスが、わたしの中で動いてます」

吐息をはずませる彼女は、処女を失ったばかりとは思えない、色っぽい面差しであった。それこそ秒単位で、女として成熟しているようだ。

「未散ちゃんの中、とっても気持ちいいよ」

正直な感想を伝えると、赤らんだ頬が緩む。

「うれしい……もっとよくなってください」

「うん」

本格的なピストン運動で攻め立てると、未散は切なげな喘ぎをこぼした。快さによるものなのか、それとも体内をかき回される違和感からこぼれるものなのかはわからない。

だが、悪い感じではないはず。

「あん、こ、これがセックスなんですね」

感極まった言葉が、信充を昂らせる。温かな狭窟の締めつけも、性感を右肩上がりに上昇させた。

「あ、未散ちゃん、いくよ」

頂上が迫り、息が荒ぶる。激しく突かれる彼女は、「うんうん」と何度もうなずいた。

「い、いいですよ……あんッ。な、中にいっぱい精液をください」

「うん。いっぱい出すよ。ああ、も、もう――」

めくるめく歓喜に巻かれ、理性が飛ぶ。腰の裏で、何かがはじけた感覚があった。

「うう、出る」

呻き交じりに告げ、牡の樹液を勢いよく放つ。女になったばかりの膣奥を目がけて。

「あふぅうう――ン」

ほとばしりを感じたのか、未散がのけ反って声をあげる。彼女の中で、分身は幾度も脈打った。

(なんて気持ちいいんだ——)

オルガスムスが去り、虚脱感が取って代わる。信充は若い肢体に身を重ね、悦楽の余韻にひたった。

第四章　熟女サンドで酔わされて

1

「あら、高地さん」

　ふれあいロードで呼び止められ、信充は声がしたほうに顔を向けた。そこには深夜まで営業しているスーパーがあり、レジ袋を持った女性のふたり連れが、こちらに笑顔を向けている。

（あ、久実さん）

　ひとりは見知った美女で、ワインバー「愛人」のオーナーだ。もうひとりは和装の、見知らぬ女性であった。

髪をきちんと結っており、落ち着いた色彩の着物をまとっている。久実はブラウスに花柄のスカートだから、年齢差があるように感じられた。

(ひょっとして、お姉さんなのか?)

などと思ったのは、ふたりともひと目を惹く美貌の持ち主だったからである。

もっとも、顔立ちが異なっているから、姉妹というのは考えすぎか。

着物姿の美熟女も、こちらを興味深げに見つめてくる。母性を感じさせる、艶っぽい微笑を浮かべて。

そのため、信充はどちらと目を合わせればいいのかと迷った。

「あ、どうも。今、『愛人』に行ってきたんだけど」

信充の言葉に、久実は「まあ、そうなの」とうなずき、すまなそうに眉根を寄せた。

「ごめんなさいね、お休みにしちゃって」

店に行ったところ、「臨時休業」の札が下がっていたのだ。信充は落胆し、どこか他で飲もうと店を探していたのである。

「何かあったの?」

「あのね、未散ちゃんが具合が悪くなったの。それで仕方なくお休みにしたのよ。

わたしだけじゃお料理を出せないから」

久実の説明に、信充は顔には出さずうろたえた。

(え、未散ちゃんが!?)

心臓が不吉な鼓動を鳴らす。

彼女の処女を奪ったのは、先週のことだ。もしかしたら初めてのセックスの影響で、体調を崩したのかと思ったのである。

(いや、そんなことあるわけないか)

さすがに考えすぎだと、浮かんだ推察を打ち消す。ロストバージンでからだを悪くしたなんて話は聞いたことがない。だいたい、あれから何日も経っているのである。

それでも気になって、

「かなり悪いの?」

と問いかける。

「ううん。微熱が出て、からだが怠いだけだって」

「そっか。ならだいじょうぶかな」

「明日は出られますって言ってたけど、無理をさせないようにするわ。未散ちゃんの代わりはいないんだもの。からだを壊したら、元も子もないわ」

「そうだね」

するとと、久実が何かを思い出したように口許をほころばせた。

「そう言えば、未散ちゃんって最近、すごく綺麗になったのよ」

信充はドキッとした。それはつまり、初体験を遂げたあとのことなのか。

「べつにメイクが派手になったとか、着るものが変わったわけじゃないの。なんて言うか、内側から滲み出るものが女らしくなったって感じかしら。ね、そう思うでしょ？」

久実が和風美人に同意を求める。

「ええ。たしかに前とは変わった気がするわね」

どうやら彼女は、未散を知っているらしい。ということは、「愛人」の常連なのだろうか。装いはワインバーにそぐわないけれど。

（ふたりで買い物をしてたみたいだし、もっと親しい間柄なのかな？）

信充が気になっているのを察したか、年上らしい熟女が久実の背中を突く。

「ねえ、わたしを紹介していただけないの？」

「あら、ごめんなさい」

久実が小さく舌を出す。愛らしいしぐさに、信充は彼女が眩しくて仕方なかった。さっき声をかけられたときから、ずっとときめいていたのだ。

（そう言えば、久実さんに会うのって久しぶりなんだよな）

祥江と会った日以来だから、もう二週間にもなる。初めて店を訪れた日に愛撫を交わし、さらに関係が進展することを願っていたのに、他の女性と肉体を繋げることになった。しかも、ふたりと。

それでいて、久実の印象が薄らいだわけではない。むしろ、祥江や未散との蜜事を経て、彼女と中途半端で終わったことに未練が募った。あれで終わりにしたくないという思いが、いっそう強くなったのだ。

それはおそらく、未散に吹き込まれたことも関係しているのだろう。

久実が店のお客と関係を持っているという話は、未散の作り話であった。信充が抱いてくれる気になるよう、焚《た》きつけるために言ったのだと、終わったあとで打ち明け、ごめんなさいと謝った。

騙されたとわかっても、信充は腹を立てなかった。未散の抱かれたいという気持ちが、それだけ強かったのだ。

同時に、久実が男漁りをするような女性ではないとわかって、心から安堵した。

また、親密になったお客が自分だけであることにも感激したのである。ワインバーの女性オーナーに、どうしてこんなにも惹かれるのか。あとで信充は考えた。

美人で色気があって、魅力的なのは確かである。しかし、そんな女性は他にもいる。まあ、多くは高嶺の花だが。

セックスをしたふたり、祥江も未散も充分に魅力的だ。おまけに若い。未散など、処女を捧げてくれた。

にもかかわらず、彼女たちには心を奪われることなく、むしろ気まずさが先に立っている。実際、祥江と再会するのを躊躇したし、未散ともなんとなく顔を合わせづらくて、週が明けてようやく店に来られたのである。

ふたりと会うことをためらったのは、何よりも久実の目を気にしてであった。歓びを交わしたことを、絶対に知られたくなかった。

こんなにも久実が気になるのは、次の機会への期待が大きいからか。あるいは、本気で好きになったのだろうか。

その答えは、今に至るも出ていない。

「こちらは久保《くぼ》ゆかりさん。名前のゆかりは平仮名ね。中野でお店をやっているのよ。商店街の集まりで知り合って、お友達になったの」

久実が和装の熟女を紹介してくれる。

「ゆかりです。よろしく」

落ち着いた物腰で挨拶をされ、信充は「あ、どうも」と頭を下げた。

「それから、この方は高地信充さん。小説を書いてらっしゃるのよ」

「え、高地?」

怪訝そうに眉をひそめたゆかりが、「ああ」とうなずく。続いて、感激した面差しで告げた。

「ミステリー作家の高地先生ね。わたし、ご本を読んだことがあります」

思いがけず読者と遭遇し、信充は身の縮む思いがした。嬉しさよりも恥ずかしさが勝っていたのは、落ちぶれた身である現状が居たたまれなかったからだ。

「あ、ありがとうございます」

恐縮して礼を述べると、久実が「あ、だったら」と笑顔を見せた。

「高地さんも、わたしたちとご一緒しません？　これから、ゆかりさんのお店で飲むんだけど」

「え、おれも?」

「そうですね。お酒は大勢で飲んだほうが楽しいですから」

ゆかりも賛同し、艶っぽく目を細める。

「ね、よろしいでしょ？」

誘われて、信充は「ええ、是非」と返事をした。久実と一緒にいられるのだ。断る道理はない。

ただ、ふたりっきりでないのは残念だったが。

「それじゃ、行きましょ」

並んで歩く彼女たちの後ろを、信充は三歩離れて歩いた。美女ふたりに圧倒され、近づくのがためらわれたのである。

それは端から見れば、女性たちを尾行するストーカーのように映ったかもしれない。そうと気がついて、

（おれって、久実さんのストーカーみたいなものかもな……）

自虐的になる信充であった。

2

ゆかりの店は、路地の奥まったところにある和風酒場だった。建物に年季が入っており、かなり以前から営業しているようである。

ただ、「酒処　縁」と書かれた看板は新しい。ガラスの嵌まった格子戸には、定休日の札が下がっていた。

「お店の名前、『えん』っていうんですか?」

鍵を開けるゆかりの背後から問いかけると、

「『ゆかり』よ」

代わりに久実が答えた。

「あ、そっか」

なるほどとうなずきつつ、顔が熱くなる。小説を書いているくせにどうして読めないのかと、蔑まれている気がした。

もちろん、久実はそんなひとではないとわかっているが。

「さ、どうぞお入りください」

格子戸をカラカラと開けて、ゆかりが招き入れてくれる。古いわりに、建て付けはしっかりしているようだ。あるいは手入れがいいのか。

いかにも和風の、小料理屋という趣という店内は、それほど広くない。客席はカウンターと、坐卓がひとつだけ置かれた小上がりのみだ。カウンターにも椅子は五脚しかなかった。

もしかしたら、ゆかりがひとりで切盛りしているのかもしれない。それならば、このぐらいの席数が精一杯だろう。

カウンターと、小上がりの畳は、看板と同じく新しかった。改装して間がないようだ。

「それじゃあ、おふたりはカウンターで飲んでいてください。わたし、おつまみの準備をしますから」

買ってきたものを手に、ゆかりがカウンター内の厨房に入る。

「じゃあ、わたしたちはこっちに」

久実に招かれ、信充は並んで椅子に腰掛けた。

「お酒はいつものね」

ゆかりが言い、「ええ、お願い」と久実が答える。それから、

「日本酒だけどいい？」

信充に訊ねた。

「ええ」

「ワインよりも好きなんでしょ？」

悪戯っぽい目で睨まれ、どぎまぎする。つい、「ええ、まあ」と正直に答えてしまった。

「だったら、わたしもこういう店にすればよかったかしら」

その言葉に、信充は嬉しくなった。彼女が自分の好みに合わせようとしているからだ。たとえ、今さら変えるのは不可能であっても。

「はい、どうぞ」

カウンターに清酒の四合瓶が置かれる。信充の知らない銘柄であったが、ラベルに純米酒と書かれていた。

「これ、グラス」

ゆかりが渡してくれたのは、ガラスの小さなコップであった。それも、かなり薄い。

「このお酒は常温か、ひと肌ぐらいで飲むと美味しいのよ」

そう言って、久実がコップに日本酒を注いでくれる。ほんのり琥珀色の液体が、馥郁《ふくいく》たる香りを漂わせた。

彼女は自分のコップも満たすと、

「乾杯」

と、愛らしい笑みを浮かべた。

「乾杯」

信充は応えて、コップを軽く触れさせた。ふたりで飲むのはあのとき以来で、胸を高鳴らせながら。

とは言え、店内にはもうひとりの熟女がいるのであるが。

「ほら、こんなふうにして、温めながら飲むといいの」

久実がコップを両手で包み込む。なるほど、だからガラスが薄いのかと、信充は納得した。

「だけど、わたしの手って冷たいから、そんなに温まらないんだけど」

「え、そう?」

「うん」

うなずいてから、彼女が唇を動かす。声には出さず、何かを伝えてきた。

《知ってるでしょ――》

そう言いたいのだとわかっても、最初はどういうことなのかと首をかしげる。ところが、美熟女がコップに唇をつけ、ふちを思わせぶりに舐めたことでようやく理解した。

あの日、ペニスを愛撫したから、手が冷たいのはわかってるでしょという意味なのだ。

しかし、久実の手が冷たかったという記憶はない。そんな感想を持つ余裕などないほど舞いあがっていたし、夢中だったためだろう。おしぼりで拭かれたときは、たしかにひんやりしたけれど。

言葉には出さずとも、露骨なやりとりで全身が熱くなる。特に股間が、場所もわきまえず火照ってきた。

落ち着こうと、信充はコップに口をつけた。彼女がしたように、両手で容器を包んで。

信充は、吟醸酒がそれほど好きではなかった。フルーティな香りが女性には好評らしいが、むしろ鼻についたし、味も上品すぎる気がする。米をそれほど磨いていない、味と香りが濃厚に感じられる純米酒のほうが断然好みだった。

まさにこれは、理想そのものと言っていい日本酒であった。

(ああ、旨い)

舌に米の甘みが絡みつくよう。うっとりして瞼を閉じた信充であったが、久実の存在を思い出して慌てて目を開けた。ワインよりも日本酒のほうが好きであるとバレたあとでも、持ちあげすぎはさすがに失礼かと思ったのだ。

横目で窺うと、彼女と視線がぶつかる。同じように、目だけをこちらに向けていたのである。

ただ、酒のコップは両手ではなく、片手で持っていた。

「む――」

洩れそうになった声を、純米酒と一緒に呑み込む。下半身に甘美な痺れが生じたからである。

(え、久実さん?)

太腿に置かれた美女の手が、ズボン越しにすりすりと撫でる。閉店後の「愛人」で飲んだときにも、同じことをされたのを思い出した。

しかし、今はふたりっきりではない。同じ空間に、もうひとりいるのである。

もちろん、カウンター内の厨房で料理をするゆかりには、こちらで何をしているのかなんて、声でも出さない限りわかるまいが。

（いや、だからって——）

久実の大胆さに、信充は戸惑った。この程度はただのスキンシップで、咎められるようなことではないと思っているのか。

だが、彼女は迷いなく進み、とうとう腿の付け根に行きついた。

「うう」

牡のふくらみを指先でくすぐられ、腰の裏がゾクッとする。海綿体に劣情の血液が殺到し、ペニスが膨張した。

（まずいよ、こんなの）

焦りつつも勃起は止まらない。

完全にそそり立つ前に、久実はズボンのファスナーを下ろした。前を開いて手を入れ、ブリーフの裾から肉茎を掴み出す。片手で器用に、しかも少しも迷いなく。

おかげで、信充は制止できなかった。

（ああ、そんな）

性器をあらわにされ、恥ずかしさに身悶えする。そのくせ、柔らかな手で握られた分身は、感激をあらわに小躍りしたのだ。

「すごいわ」

久実がつぶやく。信充は焦ってカウンターの中に視線を向けた。ゆかりに聞かれたのではないかと思ったのだ。

着物にエプロンを着けた熟女は、トントンと軽やかな音を立て、包丁を使っている。これなら大丈夫と安堵したのも束の間、強ばりを握った手が動き出し、悦びがぐんと跳ねあがった。

「――ンぅ」

下唇を嚙み、呻き声を懸命に抑える。だが、第三者のいる場所で淫らな行為に及ぶという背徳的な状況にも、理性がくたくたと弱まった。

そのとき、信充は思い出した。「愛人」でふれあったとき、久実に咎められたことを。

『ひどいわ、高地さん……わたしが勇気を振り絞ってここまでしているのに、何もしてくれないなんて――』

つまり、今も彼女はお返しを求めているというのか。

スカートを穿いているから、太腿を撫でるぐらいは簡単にできる。もしかしたらこうなることを予想して、今日はパンツではなかったのか。

などと、偶然出会ったのも忘れてあり得ないことを考えつつ、信充は酒のコップを片手で持ち直した。久実の側の手を、彼女の脚へとのばす。

スカートをそろそろとずらしても、久実は抵抗しなかった。やっぱりしてほしいんだなと、裾から覗いた膝に触れ、優しく撫でる。

ピクッ——。

成熟した下肢がわなないたのがわかった。

会話もせず、無言で飲んでいたら、ゆかりに怪しまれるかもしれない。照れ隠しもあって、信充は久実に話しかけた。

「未散ちゃんがいないと、店を開けるのは難しいの？」

久実が驚いたように目を見開く。こんなときにどうしてと思ったようだ。けれど、すぐに意図を察したらしく、小さくうなずく。

「そうね。料理とカクテルは、未散ちゃんの担当だし」

「でも、久実さんも料理ならできるんじゃないの？」

「まあね。いちおう主婦をやってたんだから。でも、お酒を準備して料理もして、さらに接客となると大変よ。失敗するのは目に見えてるわ。わたし、そんなに器用じゃないから」

信充が（そうかな？）と思ったのは、さっき手際よくペニスを摑み出したのを思い出したからだ。今もお酒を飲みながら、手淫奉仕をしているし。

もちろん、それとこれとは別ものであることぐらい、わかっているけれど。

「その点、未散ちゃんはひとりでも平気なのよ。何でもてきぱきとやっちゃう子だから。男性客の相手は苦手だったんだけど、それもだいぶよくなってきたわ」

どうやらバージンを卒業した甲斐があったようだ。もちろん、そんなことは久実には言えない。

「そう言えば先週、わたしが先に出たあとに、お店に来てくれたんでしょ」

言われて、信充は肩をビクッと震わせた。そのときに何があったのか、バレているのかと思ったのだ。

しかし、未散は口の軽い子ではない。久実が知るはずなかった。

「ああ、そうだったね。一杯だけ飲んで、すぐに帰ったけど。久実さんがいないとつまらないから」

すぐに帰ったというのは嘘でも、久実がいないとつまらないというのは本当だ。決しておべんちゃらを口にしたつもりはない。

ところが、彼女が怪訝そうに眉をひそめたものだから、まさかとうろたえる。おまけに、分身を強く握られたのだ。

(未散ちゃん……喋ったのか?)

いや、同性ゆえに、従業員の変化を見抜いたのではないか。それこそ、初体験を遂げたということを。前日に信充が来たと聞いて、誰が相手なのかも見抜いたとか。

もっとも、未散が勤め先のオーナーに、バージンであると打ち明けていたとは思えない。真面目で地味な外見から、そうかもしれないと推測はできても、確信は持てないであろう。

だったら、体験したなんてわかるはずがない。

信充は自らに言い聞かせ、安心しようとした。ところが、久実がペニスをしごきだし、快感で頭が混乱する。

(ああ、もう——)

ヤケ気味に、スベスベもっちりの太腿に手をすべらせたところで、

「さ、できたわ」

ゆかりの声にハッとする。同時に、ペニスの手が無情にもはずされた。

（え、そんな）

もっとしてほしかったものの、そんな場合ではない。信充は急いで勃起をズボンの中にしまった。

ファスナーを上げたのとほぼ同時に、ゆかりが厨房から出てきた。料理の載ったお盆を持って。

「お待たせ。じゃあ、テーブルで飲みましょうか」

「そうね」

久実が同意して立ちあがる。酒瓶とコップを手に、小上がりへ移動した。

信充もあとに続こうとした。だが、股間がふくらんだままだったので、前屈みで歩幅も狭くしなければならなかった。

3

小上がりの坐卓は、ふたりずつが向かい合わせで坐るようになっていた。

「じゃあ、高地さんがそっちの奥で、ゆかりさんは隣ね」

久実が仕切り、信充はゆかりと並ぶことになった。

（え、どうして？）

素直に従いつつも意図が摑めず、信充は困惑した。

男一女二の構成であれば、普通は女性が隣同士になるのではないか。仮に男女がペアになるとしても、知った間柄である信充と久実が並ぶのが自然である。

あるいは、隣になったら股間をまさぐってしまうからと、自制するために離れたのか。もしくは、信充が調子に乗って手を出すのを恐れたとか。

そんなに信用されていないのかと落ち込みかけたものの、そういうことではなかったらしい。

「せっかくの機会だから、高地さんとゆかりさん、仲良くなってね」

久実が朗らかに告げる。要は初対面のふたりを親しくさせるための策だったようだ。

（でも、横並びだとかえって話しづらいんだけど）

向かい合っていたほうが、互いの顔を見て話ができる。隣にいるとそちらへ顔を向けねばならず、少々やりづらい。

久実とふたりで飲んだときは、テーブル席で横並びだった。しかし、あれはカウンター席で長く話したあとだからよかったのだ。いきなり隣に坐られたら、やはり気詰まりだったのではないか。

ゆかりのほうは、特に気にしていない様子だ。正座した膝を少しだけこちらに向けて、「末永くご贔屓に」と四合瓶を差し出す。ウチの店にも来てほしいということなのだろう。

「あ、すみません」

信充は恐縮してお酌を受けた。

ゆかりは久実のコップにも酒を注ぎ、自分のものも手酌で満たした。

「それじゃ、乾杯」

久実の音頭で、三人はコップを掲げた。

坐卓の上には、ゆかりの用意した料理が並ぶ。キュウリとワカメの酢の物に、小松菜と油揚げのおひたし、高野豆腐とシイタケの煮物と、中華風の冷や奴もあった。全体にヘルシーな肴は、さっきこしらえたものばかりでなく、作り置きのものもあるようだ。

（いかにも和風の料理屋って感じだな）

店のメニューも、目の前にあるような素朴で飾らない料理が中心なのか。いかにも年配の客に好まれそうである。

「ゆかりさんは、このお店を長くやってるんですか？」

興味が湧いて訊ねると、彼女は「いいえ」と首を横に振った。

「久実さんのところと、同じ頃にオープンしたんですよ」

「え、そうなんですか？」

「ウチのほうが一カ月ぐらいあとかしら」

久実が付け加える。

「店そのものは、もうだいぶ以前からあったんですけど、前のご主人が引退すると聞いたので、道具や食器なんかも含めて安く譲っていただいたんです」

看板やカウンターは、新規オープンということで新しくしたようだ。

「なるほど、そうだったんですか」

「店の名前と、お出しする料理やお酒は変わりましたけど、前の店から引き続き通ってくださる常連さんがいて、助かっているんですよ」

ゆかりが頬を緩める。早くも酔ったのか、頬がほんのり赤らんでいた。

「それはゆかりさんの料理が美味しいからよ。高地さんも遠慮しないで食べて」

すでにお皿に箸をつけていた久実が勧める。信充は「ご馳走になります」と、まずは煮物のシイタケを口に入れた。

「あ、美味しいです」

咀嚼《そしゃく》してすぐに感想を述べる。薄味ながら、中までしっかり味が染み込んでいるから、ちょうどいい。これはお酒が進みそうだ。

酢の物も、酸っぱさと甘みの頃合いが絶妙だ。中華風冷や奴の、ピリッとした風味も好みだった。

「ね、どれも美味しいでしょ」

久実に言われ、信充は「ええ」とうなずいた。

「ゆかりさんはここの前にも、料理屋で仕事をされてたんですか?」

訊ねると、和装の熟女は「んー」と首をかしげた。

「わたし、ずっと夜の店で働いていたんです。若い頃はキャバクラで、二十代の後半からはバーとかスナックで」

「え、それは中野の?」

「そうね。高円寺や阿佐ヶ谷のお店にも勤めましたけど」

つまり、長くホステスをしていたわけか。この店も同じ酒場ながら、タイプが丸っきり違う。

「じゃあ、以前も着物をきて勤めてたんですか?」

「まさか。ドレスとかスーツとか、肩や脚がまる見えのものですよ」

開けっ広げな言い回しにドキッとする。今は和装でしっかりガードされている女体がどんなふうなのか、想像するのはかなり難しかった。

「こういうお店だと、着物のほうがお客様の目にもしっくりきますから、着付けを習ったんです。でも、まだまだ様になっていなくって、普段から着るようにしているんですよ」

「そうですか？　とってもお似合いだと思います」

「あら、うれしい。ありがとう」

艶やかな微笑で礼を述べられ、信充は落ち着かなくなった。今さら距離が近いことを意識して、座布団にのせた尻がムズムズする。

「でも、以前勤められたお店とは、かなり雰囲気が違いますよね。もともとこういう和風酒場をやりたいって希望があったんですか？」

「希望っていうか、年齢に相応しい仕事をしたほうがいいかなと思って」

ゆかりの返答に、信充は「え。年齢？」と訊き返した。

「わたし、来年は四十路なんです。キャバクラやバーで、綺麗な服を着て男性のお相手をするような年でもないでしょ」

つまり、彼女は三十九歳なのか。今は着物だから落ち着いた雰囲気であるが、髪型を変えて洋服をまとえば、まだまだ充分に接客ができそうだ。キャバクラはさすがに無理でも、スナックあたりなら。

「いや、着物も似合いますけど、ドレスやスーツだってまだ充分に着られるんじゃないですか？」

「だけど、ああいう店は次々と若い子が入るから、長く勤めるのはつらいんですよ。指名のお客さんを新人に取られたりなんて、よくありますから」

ゆかりがため息交じりに言う。どうやらそんな憂き目に遭ったらしい。

「だったら経営者とも考えたんですけど、女の子が接客する店は、上も神経を使うんです。実は、ママの手伝いをしたことがあって、わたしにはとても無理だって思いました。それで、普通の飲み屋を始めることにしたんです」

ちょうどいいタイミングで空き店舗の話を聞き、前の主人と話をして、とんとん拍子に買うことが決まったという。将来のために貯蓄をしていたし、幸いなことに銀行の融資も受けられたそうだ。

それ以外の準備も大変だったと、ゆかりは打ち明けた。

「お酒は知り合いの業者さんにお願いして、日本酒も焼酎もいいものが手に入ったんですけど、お料理は自分で勉強するしかないんですよね。わたし、普段から家でご飯を作ってましたけど、ずっと独り身だから、誰かに食べさせるものを作ったことってなかったんです。せいぜい、お店で出すチャームぐらいで」

チャームとは、バーやスナックで最初に出される、小鉢やおつまみなどの食べ物だ。店によっては乾き物をチャーム、小鉢を突き出しと区別するところもあるようだ。要はお通しであり、基本は無料ながら、テーブルチャージのお返しとして出すところもあるという。

ゆかりが言ったのは小鉢のことだろう。サラダやおひたしなど簡単なものが多く、酒場の料理としてはもの足りない。

目の前の坐卓に並んだ食べ物は、どれも美味しい。彼女がそれだけ勉強したことが窺える。独り身でも自炊をしていたというから、もともと料理が好きなのだろう。

「けっこう頑張ったんですよ。それに、久実さんにも助けていただいたし」

ゆかりが坐卓の向かい側に視線を送る。つられて、信充もそちらを見た。

「あら、わたしなんて何も」

久実が婉然《えんぜん》とほほ笑む。正面にいるふたりのやりとりを、ずっと見守っていたらしい。仲間はずれにされたと、やっかむことなく。

「そんなことないわ。お料理の味つけでアドバイスをもらったし。ほら、この高野豆腐とシイタケの煮物、久実さんに教えてもらったのよ」

「あら、そうだったかしら」

「本当はフキも入れたかったんだけど、手に入らなくて」

女性陣の会話に、信充は意外だと驚いた。

(久実さん、和風の料理が得意なのか)

それではワインバーだと腕が活かせまい。工夫すれば新しいメニューができそうな気もするけれど。

「あら、飲みが足りないんじゃない?」

久実が四合瓶を差し出す。信充は純米酒が少ししか残っていないコップを手にして、杯を受けた。軽く口をつけてから返杯をしようとしたものの、

「それじゃダメ」

と、彼女に咎められてしまった。

「とりあえず、注いだのを全部空けてちょうだい」

「え、これを?」

「そうよ」

でないと許さないという顔をされ、仕方なく従う。小さいコップだから、飲み干すぐらいどうということはなかったものの、空になったものを坐卓に戻すなり、全身がカッと熱くなった。

（まずいぞ。酔っちまいそうだ）

カウンターに着いたときから、ちびちび飲んでいたのである。しかもペニスを愛撫され、昂奮状態に置かれながら。

今ので、それらのぶんのアルコールも回ってしまったようだ。美味しい日本酒は飲みやすいぶん、あとで影響が一気に来るのである。

ちょっと自制しようと信充は思った。なのに、またも久実になみなみと注がれてしまう。

「駆けつけ三杯と言いたいけど、二杯で許してあげる」

そんな理不尽な命令を受け入れてしまったのは、惚れた弱みゆえなのか。いや、すでに正常な判断ができなくなっていたのかもしれない。

コクコクと喉を鳴らし、純米酒を胃に流し込むと、「よくできました」と褒められる。それは嬉しかったものの、頭が少しぼんやりしてきた。

「ちょっと、飲ませすぎよ。このお酒、普通の日本酒よりアルコール度数が高めなんだから」

ゆかりが注意し、信充は(え、そうなのか?)と驚いた。甘みが強くて飲みやすいから、まったく気がつかなかった。

「そうだったっけ?」

久実が悪びれもせず答える。それから、信充の顔をまじまじと見た。

「そう言えば、顔がやけに赤いわね」

火照っている自覚があったから、言われてやっぱりそうなのかと思う。かと言って、気分が悪くなったわけではない。むしろ雲に乗って漂うみたいに、いい心地であった。

「少し横になったほうがいいわ」

その言葉をどちらが言ったのか、信充はわからなかった。声が耳の奥で反響するように聞こえたのだ。

坐卓が端によけられて、小上がりの真ん中が広く空けられる。そこまでされたことで、寝なければいけない気になった。

「さ、ここに頭をのせて」

二つ折りにした座布団が畳に置かれる。信充はそろそろと身を横たえ、そこに頭をのせた。

「ふう」

楽な姿勢になったのに、かえって気怠さを覚える。意味もなく、からだをくねくねさせたくなった。

(やっぱり酔ったのかな?)

それほどの量を飲んだつもりはない。アルコールに強いと自慢できるほどではないが、弱くもないはずだ。

ということは、本当に度数の高い日本酒だったらしい。

「からだを締めつけるのはよくないし、ここ、弛めるわよ」

その声は久実だった。ベルトに手をかけられ、何をするのかわかっても抗わなかったのは、さっきペニスをしごかれたばかりだったせいか。

とは言え、ゆかりもいるのである。淫らな展開を望んだわけではない。いくら酔っていても、そのぐらいの判断力はあった。

ところが、ズボンの前が開かれたばかりか、腰をかき抱くようにして脱がされたものだから、さすがに焦った。

「え、ちょっと」

他にも女性がいるところで、下着姿を晒すわけにはいかない。抵抗して腰をよじっても、不意を衝かれたものだから間に合わず、難なく脱がされてしまった。おまけに、尻に畳が直に触れたのである。

(え――)

ズボンばかりでなく、ブリーフまで奪われたのだ。これはまずいと股間を両手で隠そうとすれば、それよりも早く触れたものがあった。

「むふっ」

快美に神経を蕩かされ、太い鼻息がこぼれる。軟らかな牡器官を急所ごとモミモミされ、アルコール交じりの血液が全身を高速で駆け巡った。

「あああ」

たまらない気持ちよさに、抗いようもなく声をあげてしまう。海綿体が充血し、その部分が目覚めたみたいにふくらんだ。

「大きくなってきたわ」

うっとりした声音を耳にするなり、信充は新たな衝撃を受けた。

(え、今のは?)

久実の声ではない。落ち着いた色気を含んだそれは、間違いなくゆかりのものだった。

つまり、今夜会ったばかりの熟女に、ペニスを愛撫されているのである。

アルコールで血の巡りがよくなったのか、柔らかな手指はかなり温かかった。いけないと思っても、心地よさに道徳心が弱まる。分身の膨張は止めようもなく、時間をかけることなく力を漲らせた。

「まあ、もう勃っちゃった」

驚いた声に、嬉しさが滲んでいるよう。そそり立ったものがゆるゆるとしごかれ、信充はのけ反って喘いだ。

(ゆかりさんも酔ってるのか?)

アルコールには、性欲を高める効果もあると聞いたことがある。飲んでいた純米酒がそんなにも強いのだとしたら、女性ふたりに影響が出ても不思議ではなかった。

ただ、酔ったから大胆になったのではあるまい。こういう展開になると、予め決まっていた気がした。それこそ、カウンターで久実が、淫らな悪戯を仕掛けてきたときから。

あるいは、会ったときからすでに。

（……いや、さすがに考えすぎか）

ふたりとは偶然会って、ゆかりの店に招かれたのである。彼女たちが何か企てるような素振りはなかった。気づかないうちに意思の疎通があったとしても、ここまでスムーズに運ぶものだろうか。

「こんなに硬いおチ×ポ、久しぶりだわ」

ゆかりが品のない単語を平然と口にする。いかにもお気に召したという手つきで、握りに強弱をつけた。

「鉄みたいにカチカチね。元気だわ」

「そうでしょ。さっき、わたしがカウンターのところでさわったときも、そんなふうになってたのよ」

久実の暴露に、信充は狼狽した。ところが、

「あら、本当に？」

と、ゆかりは少しも驚いた様子を見せない。まるで、知っていたと言わんばかりだ。

（ひょっとして、おれ、罠にかかったのか？）

信充がそんなふうに解釈するのも、無理からぬことである。

「あのね、ゆかりさんって気の毒なのよ」

久実が顔を覗き込んでくる。頬を手でさすられ、信充は柔らかさと、甘い香りにうっとりした。

「夜の店でずっと働いているのは、男性と多く知り合いたくてだったの。だけど、この店を始めてからは、お客は高齢の方ばかりで、なかなか気に入ったひとに巡り会えなかったのよ」

ということは、ホステス時代には、客を店以外でも接待していたのか。いや、逆に奉仕させていた可能性もある。初対面の男の性器を、ためらいもなく握ったのだ。セックスが好きなのは間違いない。

ともあれ、「縁」は店の雰囲気や料理からして、若いお客は望めまい。おそらくは五十路以上の、言い方は悪いが枯れた男たちに好まれるのではないか。

そして、彼らは女性ではなく、旨い酒と肴を求めて来るのだ。それでは深い関係になるのは難しい。

「本当にそうなの。もうずっとしていないのよ」

ゆかりが嘆くように、男好きであると認める。

だが、出会いを店ではなく外に求めれば、いくらでも相手が見つかるはずだ。着物ではなく洋服で、たとえば「愛人」のカウンターで物憂げにワインを飲んでいれば、言い寄る男はいくらでもいるだろう。

しかし、彼女はそこまでして、男が欲しいわけではないようだ。

「だからって、行きずりの相手となんてしたくないし」

ゆかりが屹立をしごきながらこぼす。どうやらお客とも、安易に交わっていたわけではなさそうだ。きちんと人間的な繋がりを持って初めて、からだを許したと見える。

（いやいや、これだって充分に行きずりじゃないか）

信充は声に出さずツッコミを入れた。ところが、彼女の物差しでは、どうやらそうはならないらしい。

「よかったわ。久実さんがいいひとを紹介してくれて」

これに、ワインバーのオーナーが「どういたしまして」と答える。信充は啞然となった。

（じゃあ、おれは男娼として売られたってことなのか？）

それはさすがにひと聞きが悪い。

要は、そんなに男が欲しいのなら当てがあると、以前から久実が話をしていたのではないか。おそらくは、信充の名前や素性も伝えて。一緒にお酒を飲んで酔わせてからなどと、計略を練っていた可能性もある。

だからこそ、通りで会ったことは偶然でも、ここまでスムーズに事が運んだのであろう。

（ゆかりさん、おれと久実さんに何があったのかも、知ってるんだろうな）

自分が読んでいた小説の書き手に会い、感激していたふうだったのも、すべてお芝居だったのか。あのときの笑顔は、久しぶりに男と交われるのを喜んでのものだったのかもしれない。

ここに至るあらましがなんとなく理解できても、信充にはどうしても受け入れがたいことがあった。

（つまり久実さんは、おれが他の女性と何をしようが平気なんだな……）

彼女とは、会ったその日に愛撫を交わした。親密なふれあいは、恋心が高まってのものではない。それこそ行きずりみたいなものだ。

そんなことは重々承知していても、落ち込まずにいられなかった。

（おれ、そこまで久実さんのことが――）

本気で好きになったのだろうか。

もっとも、信充とて祥江や未散とセックスをしたのである。久実に対して不満を抱ける立場ではない。そもそも今だって、ゆかりに握られて節操なく勃起しているのだから。

「本当に元気なおチ×ポね」

手にしたものを感慨深げに見つめていた熟女が、真上に顔を伏せる。ふくらみきった穂先に、愛しげにくちづけた。

「ううう」

快さよりも背徳感が募り、背すじがゾクッとする。さらに、はみ出した舌が粘膜をくすぐるように舐め、鼠蹊部がムズムズした。

(ああ、そんなことまで)

いつものごとく、出かける前にシャワーを浴びたものの、決して清潔とは言えない場所だ。そこをねぶられるのは申し訳ない。

だが、ゆかりはまったく気にする様子もなく、先端を口に含んだ。

「あ、あっ」

自然と声が洩れる。信充は頭を左右に振り、与えられる悦びに身悶えた。

「気持ちいい？」

久実の問いかけにも、返答する余裕がない。亀頭を飴玉のように転がされ、さらにチュパチュパと舌鼓を打たれることで、目の奥に火花が散った。

（うう、よすぎる）

いかにも経験を積んでいることが窺える口技に、身も心も翻弄されるよう。和服の色っぽい熟女に奉仕されるというシチュエーションにも、頭がクラクラする心地がした。

「そんなに気持ちいいのなら、お返しをしなくちゃ」

そう言って、久実が信充の手を取る。けれど、腰のところでうずくまっているゆかりには、届きそうになかった。

しかも、まったく違う方向に導かれたのである。

（え？）

手が暖かな場所に迎え入れられる。視線を向ければ、そこは久実のスカートの中であった。

（いや、お返しって言ったのに）

これはむしろ、お返しの横取りではないのか。そんな疑問も、指が熱く蒸れたところに触れるなり、どうでもよくなった。

ヌルッ——。

粘っこいもので指がすべる。毛みたいなものが絡みつく感触もあった。久実がいつの間にかパンティを脱いでいたのだ。

(なんてエッチなんだ)

劣情を煽られ、指が動く。

「ああん」

艶声が鼓膜に悩ましく響く。媚唇の合わせ目を軽くなぞっただけで、彼女は感じたようだ。それだけ肉体が愛撫を欲していた証拠だ。

(ゆかりさんに紹介しておきながら、久実さんもおれがほしかったんだな)

だからさっき、カウンターでペニスを握ったのか。いや、あれはただの戯れで、今は酔って肉体が火照り、その気になっただけかもしれない。

それでもかまわないと、愛しい美女の華芯を細やかに愛撫する。

「くうう、き、気持ちいい」

久実は美脚を横に流していた。股間が閉じがちでいじりづらいが、感じさせたい一心で指を動かす。

その間に、ゆかりが肉根を深く咥え込み、頭を上下させて吸いたてた。

「ン……んふ」

こぼれる鼻息に交じって、ぢゅぷぢゅぷと粘っこい摩擦音が聞こえる。すぼめた唇で筒肉をこすられるのは、まさにお口のセックスか。

背後に突き出されたヒップが、物欲しげに揺れている。着物でしっかり隠されているぶん、中は蒸れ蒸れではないだろうか。

(こんないやらしいひとだったなんて……)

色気たっぷりでも、淑やかな和装は侵しがたい気品があった。その実、自ら男根を頬張るほどに男を求めていたなんて。

だからと言って、軽蔑するわけではない。飾らない姿を見せてくれることに、かえって好感を覚えた。

しかしながら、このままフェラチオだけで終わりにされたくない。ゆかりもそんなつもりはなかったろうが、信充はすぐにでも結ばれたかった。アルコールの効果か、淫らな気持ちが高まっていたのである。

そんな内心が通じたのか、熟女がペニスを解放する。

「はあ」

彼女はひと息つくと立ちあがり、着物の裾を大胆にからげた。ナマ白い脚があらわになる。太腿はむちむちだ。着物姿ではよくわからなかったが、けっこう肉づきがいいと見える。

実際、着物が尻のほうもめくりあげられ、下半身があらわになると、そのことがはっきりした。

ゆかりは下着を穿いていなかった。着物のときはラインが出ないようノーパンが一般的だと聞いたことがある。けれどそれは昔の話か、いっそ都市伝説のようなもので、実際は和装用の下着があるらしい。

着物のとき、彼女が常にパンティを着用しないのかは不明である。久実のように、密かに脱いでいた可能性もあった。たとえば厨房にいたときに。

どちらにせよ、熟れた腰回りは肉感的で、女の色香をぷんぷんと放つ。脂ののった下腹にも、エロスが凝縮されているようであった。

「先にしちゃうわよ」

ゆかりが告げ、信充を跨ぐ。それも、たわわな臀部を向けて。

（うう、いやらしすぎる）

着物をめくってまる出しにした豊臀は、オールヌード以上に煽情的だ。信充は秘芯をいじっていた指を止め、そそられる眺めに魅入った。

それが反り返る牡器官の真上に下降する。

手を添えて上向きにした肉槍を、ゆかりが中心へ導く。そこは愛撫をされていないのに、しとどに濡れていた。こすりつけられる切っ先が、温かな蜜にまみれる。

そんなにもしたかったのかと、信充はつまされる思いがした。だったら協力してあげたいと思ったとき、彼女が坐り込む。

ぬるん──。

分身が温かく濡れたところに呑み込まれる。股間でヒップの重みを受け止めるなり、全体を強く締めつけられた。

「はううう」

ゆかりがのけ反り、臀部の筋肉をぎゅんと強ばらせる。迎え入れたものをからだで確認し、深く息をついた。

「あん、久しぶり……硬いおチ×ポ」

あられもないことを口にして、熟れ腰をなまめかしく震わせる。内部がかすかに蠢いているようだ。

（ああ、入った）

欲求が叶った信充も、悦びに喘いだ。陶酔の心地にひたり、久実の秘苑を愛撫することなど忘れて。

「う、動くわよ」

ゆかりが腰を振り出す。最初は前後に。蜜窟が馴染んでくると、腰を回転させるようにした。

「あ、ああ、おチ×ポいいのぉ」

乱れた声を耳にして、もっと感じさせたくなる。信充は真下から腰を勢いよく突き上げた。

「きゃふッ」

愛らしい反応に、さらに続けざまのピストンを繰り出そうとしたところで、

「ゆかりさんのオマ×コ、気持ちいい？」

卑猥すぎる問いかけにハッとする。そちらを見れば、久実が不服そうに眉をひそめていた。

「あ、えと」

何と答えればいいのかわからず、目玉を左右に泳がせる。すると、スカートの

中の手をはずされた。

（まずい。怒らせたかも）

いくら彼女がお膳立てを整えたからと言って、ひとりだけ放っておかれたら面白くあるまい。機嫌を悪くするのは当然だ。

「目をつぶりなさい」

命じられ、信充は直ちに従った。何をされるのかわからないが、ここは久実の意向に沿うべきだと思ったのだ。

程なく、何かが頭を跨ぐ気配がある。続いて、ぬるい空気が顔にふわっとかかった。

甘酸っぱくもなまめかしいそれが何なのか。もしやと思う間も与えられず、顔面に柔らかな重みがのしかかった。

「むぅ」

口許を塞がれ、反射的に抗う。酸素を確保すべく深々と息を吸い込めば、濃密な女くささが鼻奥にまで流れ込んだ。

（え？）

混乱して目を開けた信充の視界は、翳った肌色で占められていた。それがおしりであり、スカートが被さって暗いこともわかった。

(……久実さんだ！)

彼女が顔面騎乗をしてきたのである。残念ながら秘められた部分の佇まいは見えないものの、生々しい媚香をまともに嗅がされ、昂奮がうなぎ登りとなった。

「ほら、舐めなさい」

命令した久実が、ヒップを前後に動かす。敏感な部位を、牡の唇にこすりつけるようにして。

信充はためらうことなく舌を出し、濡れミゾに差し入れた。

「あふぅうう」

悦びの喘ぎを受け、舌を律動させる。こぼれ落ちる蜜をすすり、夢中になって女芯をねぶった。

「あ、あ、あっ、感じるぅ」

歓喜の声に、頭が痺れるようだった。

最初のとき、シャワーを浴びていないからとクンニリングスを拒んだのに、どうして今は自分から跨がってきたのだろう。仕事のあとでないから、そこまで汚れていないと判断したのか。

いや、おそらく、そんなことを気にかける余裕もないほど、昂っていたのだ。

現に、愛液がトロトロと間断なく滴ってくる。

（ああ、美味しい）

ほんのり甘みのあるラブジュースで喉を潤し、お礼に唾液を塗り込める。

「あ、ああっ、それいいッ」

久実のよがり声に影響されたのか、ゆかりの動きも派手になる。たわわなヒップが上下にはずみ、下腹をパンパンと打ち鳴らした。

「むううう」

愉悦が高まり、息苦しくなる。それでも信充は懸命に口淫奉仕に励み、腰もえいえいと突き上げた。

「イヤイヤ、そ、そこぉ」

「あん、あん、おチ×ポ深いのぉ」

ふたりの嬌声がユニゾンとなる。スカートで頭を覆われ、顔面騎乗もされている信充にはくぐもって聞こえた。それでも充分すぎるほどいやらしい。

（……おれ、ふたりとしているんだ）

三人での交わりなど、生まれて初めてであることに今さら気がつく。しかも相手は極上の美熟女だ。

世界一いやらしいことをしている気分にひたり、疲れも知らず舌と腰を動かし続ける。淫らな状況に身を置いて、全身が性器になったようだ。

「あ、う、ううっ――い、イッちゃう」

切羽詰まった声が誰のものなのか、信充はすぐに判別できなかった。けれど、恥割れが舌をなまめかしく挟み込んだことで、久実なのだとわかる。

(よし、イッちゃえ)

包皮を脱いだ秘核を強く吸いたてると、艶腰がガクガクとわなないた。

「イヤイヤ、イクっ、ホントにイッちゃう」

アクメ声を放ち、秘芯をねぶられた美女が昇りつめる。顔に乗った丸みが大臀筋を収縮させ、内腿もピクピクと痙攣した。

「う――ああっ、はふ……」

深い喘ぎをこぼし、久実が脱力する。信充の顔から離れると、畳の上に崩れ落ちた。

それにより、視界が開ける。

「あっ、あああ、わたしもイク」

久実のオルガスムスが伝染したのか、ゆかりも頂上に走る。咥え込んだものを奥へ誘うように膣壁が蠕動し、それが射精の引き金となった。

「お、おれも出ます」

信充は焦って告げた。このまま熟女の中にほとばしらせたらまずいと思ったのだ。

ところが、ゆかりは容赦なく牡根を締めつけ、豊満な尻を上下に振り立てた。中で出してかまわないのだと悟り、忍耐の手綱を解き放つ。

「あ、あ、イクッ、イクッ、くうううううっ」

「ううう、で、出る」

目の前でパッパッと何かが飛び散るのを感じつつ、信充は濃厚な樹液を噴きあげた。それを浴びて、成熟した女体がさらなる高みへ達したようである。

「う――うはッ、ハッ、あああああっ!」

着物の上半身が前後に揺れる。逆ハート型のヒップの切れ込みに、濡れて肉色を鮮やかにする筒肉が覗いた。

「はふっ」

ゆかりが向こう側に突っ伏す。谷底の可憐なアヌスが見えた次の瞬間、膣口からはずれたペニスが勢いよく反り返った。

ぺちんっ——。

亀頭が下腹を叩き、鈴口から最後のザーメンがトロリと滴る。

淫行のなまめかしい匂いが漂う小上がりに、三人の疲れ切った息づかいがしばらく続いた。

4

最初に果てた久実が、のろのろと身を起こす。仰向けで胸を上下させる信充を覗き込み、目を細めた。

「とっても気持ちよかったわ」

それがクンニリングスの感想だと理解するのに、少し時間がかかった。信充自身、悦楽の余韻にひたっていたからだ。

「高地さんもイッたんでしょ？」

「うん……」

「オチ×チンはどんな感じ？」

訊ねてから、彼女が下半身のほうに手をのばす。ゆかりの中にたっぷりと放った秘茎が、しなやかな指で捉えられた。

「むうう」

くすぐったい快さに、腿が攣りそうにわななく。さすがに軟らかくなっているようだ。

「こんなにベタベタにしちゃって」

巻きついた指が上下に動く。すべる感触から、精液と愛液の混濁汁にまみれているのがわかった。

(久実さん、平気なのか?)

汚れたペニスを平然としごく彼女に、信充は困惑を隠せなかった。それでも刺激を受け、海綿体が再び充血する気配がある。

「むふぅ」

鼻息をこぼし、豊かな心持ちにひたっていると、

「ねえ、未散ちゃんとエッチしたんでしょ」

久実が悪戯っぽく目を細めて言う。問いかけではなく、断定する口振りで。

信充は絶句し、落ち着かなく目を泳がせた。その態度は、肯定したにも等し

かったであろう。

「——未散ちゃんが教えたの？」

ようやく質問で返すと、彼女が「ううん」と首を横に振った。

「そうなるように仕向けたけど、報告は受けてないわよ」

「え、仕向けたって？」

「未散ちゃんはきっと、高地さんにバージンをあげるだろうって思ったの」

つまり、未散が処女だったことも、久実は知っていたのだ。

「ひょっとして、初体験の相手を探してるって、未散ちゃんに相談されたの？」

「まさか。あの子はそんなこと言わないわ。頭がいいぶん、何でも自分で解決しなきゃ気が済まない性格だもの。ただ、経験がないのはわかってたし、男性が苦手なのを克服しようとしてたから、背中を押してあげたの」

「どうやって？」

「わたしが高地さんとお店に残って、何かあったって匂わせたのよ」

では、初日に誘いをかけてきたのは、未散をけしかけるためだったのか。

「未散ちゃん、あれで負けず嫌いなところがあるし、わたしはオーナーで彼女は従業員だけど、対等の関係でいたいって気持ちを持ってるの。だから、わたしがお客とからだの関係になれば、あの子も思い切った行動に出ると思ったのよ」

「いや、だけど、未散ちゃんは男性が苦手なんだよね。どうしておれとなら、そういうことをするってわかったのさ?」

「高地さんは特別だもの」

「特別?」

「未散ちゃん、高地さんには壁を作っていないって、最初のときにわかったの。

会話はなかったけど、表情とかしぐさで」

そこまで見抜いていたとは、さすがは店のオーナーというべきか。

「それに、ほら、鷹橋さんだっけ? あのひとが高地さんに送ってもらうってなったとき、しめたと思ったの。あの日は高地さんと未散ちゃん、けっこう会話がはずんでたじゃない。それを鷹橋さんが邪魔することになって、しかも部屋まで送ってエッチしたんでしょ」

「いや、おれはそんな――」

「隠さなくてもいいの。あのあと、鷹橋さんが店に来たとき、すぐにわかったわ。

高地さんとしたんだって」

ただのハッタリではなく、洞察した違いない。素直に納得できたから、信充は否定するのをやめた。

「あれでますます、未散ちゃんは自分も行動しなくちゃって気持ちになったはずよ。だって、鷹橋さんに取られちゃうかもしれないんだもの」

「てことは、あの日、久実さんがいなかったのは、おれが来るとわかってて、未散ちゃんとふたりっきりにさせたってこと?」

この質問に、久実は「まさか」と笑った。

「超能力者じゃあるまいし、そこまで予想できないわよ。ただの偶然。まあ、次に高地さんが来たときには、未散ちゃんとふたりになるよう手を打つつもりではいたけど」

そう言われても、本当に偶然なのかと、信充は訝った。もしかしたら祥江も、久実の用意した刺客ではないかとすら思えた。

「じゃあ、今夜久実さんたちに会ったのも、ただの偶然?」

確認すると、彼女は「当たり前でしょ」と答えた。

「わたし、高地さんの行動を全部把握してるわけじゃないわ。ただ、ゆかりさんも男をほしがってて、もともと高地さんを紹介するつもりで話もしていたから、せっかくの偶然を利用したの」

「偶然にしては、やけにうまく運んだ気がするんだけど」

まだ疑心の消えない信充に、久実は朗らかに打ち明けた。

「そりゃ、ゆかりさんにずっと合図を送ってたもの」

「え、いつ?」

「カウンターで飲んでたときと、小上がりでも。まあ、高地さんは気がつかなかったと思うけど。オチ×チンをさわられて、それどころじゃなかっただろうし」

言われて、信充は《あっ》と声をあげそうになった。では、カウンターで股間に触れたのは、こちらの注意を逸らすためだったのか。

「あと、小上がりでわたしとゆかりさんが向かい合わせになったのも、合図を気づかれないようにするためによ。それに、隣同士で並んでいたから、高地さんもゆかりさんを受け入れやすかったんじゃない?」

罠にかかったわけではなくとも、仕組まれていたのは事実のようだ。しかし、結果的にこの上ない快楽を味わえたのだから、良しとせねばなるまい。

ただ、すべてにおいて満足かと言えば、正直なところ不満が残る。

「つまり久実さんは、おれを利用したってわけだ」

厭味っぽく告げると、彼女が眉をひそめる。

「あら、どうしてそんなことが言えるの？」

「だって、おれの意志なんか関係なく、未散ちゃんやゆかりさんとセックスをさせたわけだし」

「つまり、したくなかったってこと？」

「いや、そういうわけじゃ……ただ」

「ただ？」

「おれは、最初から久実さんと――」

信充が言葉を失ったのは、久実にじっと見つめられたからだ。心の奥の奥まで覗き込むような、鋭い眼差しで。

「わたしと、なに？」

「えと……」

「エッチしたいんでしょ」

またも質問ではなく断定される。しかも事実だから反論できない。

(ていうか、わかってたのかよ)

なのに、他の女性との行為を取り持つなんて趣味が悪い。信充はやり切れなかった。

するると、彼女がにんまりと白い歯をこぼす。

「わたし、高地さんのことはけっこうわかってるのよ」

「え？」

「好きなものや美味しいものは、あとに取っておくタイプでしょ」

「う、うん」

「だから、お楽しみは最後にしようって決めてたの」

五割ほど膨張したペニスから手を離し、久実が立ちあがる。こちらを見おろし、笑みを浮かべたままスカートをはらりと落とした。

（ああ……）

女らしく色づいた下半身に、信充の目は釘付けとなった。閉店後の「愛人」でも目にしたが、下から見あげるのは違ったエロティシズムがある。

彼女はさらにブラウスを脱ぎ、ブラジャーもはずす。今にも落っこちそうに重たげな乳房が、ぷるんとはずんであらわになった。頂上は淡いワイン色で、可憐なブドウが突き立っている。

「ふふ、どう」

モデルのようにポーズを取り、一糸まとわぬ裸身を見せつけてから、久実が再び膝をついた。

「あの日よりも、もっと気持ちいいことをしてあげるわ」

再び握られた分身は、さらにふくらんでいたようである。しかし、完全勃起には至ってない。

久実はそこに顔を伏せ、体液に濡れたモノを厭わず口に入れた。

「うああ」

唾液を溜めた中で牡のシンボルを泳がされ、ムズムズする快さに身悶える。

(こんなことまでしてくれるなんて——)

感激とも相まって、目頭が熱くなった。

「く、久実さん……あ——むうう」

陰嚢も包み込むように揉まれ、性感曲線が急角度で上昇する。海綿体に血流が殺到し、時間をかけることなく硬くなった。

ピチャ……ぢゅるるっ。

こびりついた性汁が舐め取られ、貪欲にすすられる。すべてを喉に落としてから、久実は屹立を解放した。

「ふぅ」

大きく息をつき、唾液に濡れた肉棒に目を細める。

「さっき、ゆかりさんのオマ×コにいっぱい出したんでしょ？　なのに、こんなに元気になるなんて」

「久実さん……」

「今度は、わたしのオマ×コに出させてあげるわ」

信充は手を引かれて起き上がった。代わって、久実が畳に寝そべる。

両手を差しのべて招く彼女に身を重ねる前に、信充は素早く着ているものを脱いだ。熟れ肌のぬくみとなめらかさを、全身で感じたかったのだ。

「さ、来て」

立てた両膝のあいだに腰を割り込ませる。反り返る肉根を久実が摑み、入るべきところへ導いてくれた。

「ほら、ここ」

恥叢をかき分けた亀頭が、秘め谷にこすりつけられる。そこは温かな蜜がまぶされ、ヌルヌルとすべった。

（ああ、いいよ）

ずっとしたかった相手と結ばれるのだ。

肉棹の指がはずされる。すでに尖端が窪地に嵌まっていたから、目標をはずす心配はなかった。

「いいわよ。挿れて」

「うん」

うなずいて、信充は腰を沈めた。

ぬぬぬ――。

強ばりが蜜穴に入り込む。亀頭に柔ヒダが戯れかかり、目のくらむ快美に腰がブルッと震えた。

「むうう」

挿入半ばで果てそうになり、焦って奥歯を嚙み締める。思いを遂げられることで昂奮しすぎていたようだ。

気を引き締めて、己身を根元まで押し込む。

「あふぅ」

久実が首を反らし、深く息をついた。閉じていた瞼を開き、濡れた瞳で見つめてくる。

「オチ×チン、奥まで来てるわ」

うっとりした声音に、蜜穴に包まれた分身が雄々しく脈打った。

「久実さん――」

情愛が高まり、唇を重ねる。チュッチュッと戯れるように吸い合い、舌も交わした。

「ンふ」

小鼻をふくらませた久実が、背中を慈しむようにさすってくれる。

考えてみれば、彼女は九つも年下なのだ。見た目はもっと若々しいが、不思議と年上に抱かれているような安心感がある。それだけ包容力があるということなのだろう。

くちづけをほどくと、艶やかな視線が向けられる。

「わたしのオマ×コ、どう？」

笑みを浮かべての、卑猥な問いかけ。おまけに、入り口部分が返事を促すように締めつけるのだ。

「すごく気持ちいい」

信充は気の利いたことも言えず、ありきたりな返答をした。

「どんなふうに?」

「えと、中のヌルヌルしたのがまといついて、締めつけてくれるんだ」

懸命に伝えようとしたものの、得ている感覚の二割も表現できなかったであろう。それでも小説家なのかと、自分が嫌になる。

だが、久実はとりあえず満足してくれたようだ。

「じゃあ、動いて、もっとよくなって」

「うん。久実さんのことも気持ちよくするよ」

「期待してるわ」

信充は腰をそろそろと引き、奥へと戻した。その動作を繰り返しながら、徐々にスピードを上げる。

「あ、あ、あん、あ――」

久実の喘ぎ声がはずみ出す。顔にかかる吐息は甘ったるく、ほんのり純米酒の残り香があった。

(うう、たまらない)

信充はリズミカルに腰を振り、高まる悦びに身を震わせた。

と、すぐ脇にひとの気配がある。昇りつめて脱力し、畳に横たわっていたゆかりが、いつの間にかふたりの交わりを見守っていたのだ。
「すごい……いやらしいわ」
自身もはしたなく乱れたのを忘れたか、ストレートな批評をする。それから、
信充の耳元に唇を寄せた。
「ねえ、次はわたしよ」
この淫らな宴は、いったいいつ終わるのだろうか。先のことなどわからぬまま、
信充はピストン運動に励んだ。

エピローグ

中野駅北口に近いコーヒーショップで、信充は編集者の亜梨紗と向かい合っていた。WEB連載の原稿を、ついこのあいだ送ったばかりなのだ。

「とってもいいですね。過去の作品とは比べものにならないぐらい、描写が生き生きしています。それでいて、高地先生の長所である読みやすさも損なわれていません。わたしが期待していた以上の出来です」

称賛され、信充は「どうも」と頭を下げた。まだ始まったばかりであり、褒められても照れくささが強い。

ただ、かつてない手応えを感じていたのも事実だ。

「やっぱり、中野を舞台にして正解でしたね。街の匂いまで感じられて、臨場感があります。この場所を知らないひとでも、面白く読めると思いますよ」

「だといいんだけど」

「いえ、絶対にだいじょうぶです」

そこまで言い切るということは、亜梨紗も担当として満足しているのだ。期待を裏切らないように、気を抜くことなく最後まで書き切ってやろうと、信充は改めて心に誓った。

「あと、キャラクターもいいですね。最初にプロットをいただいたときは、正直不安があったんですけど。だって、高地先生が女性キャラを中心に据えるなんて、これまでありませんでしたから」

「ああ、そうかも」

「しかも、その女性キャラが、すべての鍵を握っているんですよね。読者もきっと、更新を楽しみにするはずです」

「うん、おれも書いてて楽しいんだ」

信充はカップに口をつけ、苦みの強いコーヒーをひと口飲んだ。実際、すぐにでも連載の二回目に取りかかりたいと思っていた。執筆でこんな気持ちになるのは、かなり久しぶりのことだ。

すると、亜梨紗がテーブルの上に身を乗り出してきた。

「ところで、あの女性キャラにはモデルがいるんですか？」

いかにも興味津々という態度で質問され、信充はカップを手にしたままのけ反った。

「も、モデルって？」

「メインヒロインもそうですけど、サブの無口な女の子も、とても生き生きしていていいんですよね。小説の登場人物なんて、いかにも作り物っぽいというか、決められた台詞を口にするだけの、ステレオタイプなキャラが多かったりするんですけど、今回の高地先生の作品は、ひとりひとりの存在感が際立っているんです。いっそ生々しいというか」

「あ、そうかな？」

「まだ登場してませんけど、プロットにあった事件を引っかき回す女性なんて、どんなキャラだろうって今からワクワクしてるんです。それで、わたしの推測なんですけど、みんなモデルがいるんじゃないかって」

「まあ、いると言えばいるみたいな……」

信充の曖昧な返答に、女性編集者は目を輝かせた。

「やっぱり。だからあんなに魅力的なんですね。ひとりひとりに、高地先生の愛を感じるんです」

それはあながち間違っていない。というより事実であった。何しろ、みんな信充が愛した女性なのだから。

「あんなふうに書いてもらえる女性が羨ましいです」

「え、どうして？」

「わたしも、高地先生の手でキャラクターにしていただいて、小説に登場したいって思ったんですよ」

亜梨紗が上目づかいで、口許を艶っぽく緩める。甘えるような表情は愛らしいばかりでなく、男心を妙にくすぐった。

（……この子もけっこうチャーミングじゃないか）

わざわざ声をかけてくれた編集者ということで、年下にもかかわらず、畏れ多さが先に立っていたのである。けれど、女性としても魅力的であることに、今になって気がついた。

彼女はいかにも真面目な編集者ふうな、パンツスーツをまとっている。服の上からではわからない素のボディを想像し、胸の鼓動が高鳴った。

そのとき、左手の薬指に嵌まった銀のリングに気がつく。

（え、小野寺さんって、結婚してたのか）

会うのは二回目ながら、前にそこまで観察しなかったのは、小説家と編集者という立場の違いに一歩引いて、女性として見られなかったからだ。そして、以前の自分なら、配偶者ありというだけで興味を失ったであろう。

しかし、今の信充は違う。

（人妻っていうのも有りだな）

経験がないぶん、かえってそそられる。

「おれも是非、小野寺さんを書いてみたいな」

「本当ですか？」

「ところで、ワインは好き？」

「え？　まあ、嫌いじゃないですけど」

「中野にいいワインバーがあるんだけど、よかったらご馳走するよ」

信充は目を細めて微笑した。

＊この作品は、書き下ろしです。また、文中に登場する団体、個人、行為などは実在のものとはいっさい関係ありません。

二見文庫

熟女《じゅくじょ》ワイン酒場《さかば》

2021年 1月 20日　初版発行

著者　橘《たちばな》　真児《しんじ》

発行所　株式会社 二見書房
東京都千代田区神田三崎町2-18-11
電話 03(3515)2311［営業］
03(3515)2313［編集］
振替 00170-4-2639

印刷　株式会社 堀内印刷所
製本　株式会社 村上製本所

落丁·乱丁本はお取り替えいたします。
定価は、カバーに表示してあります。

ISBN978-4-576-20204-4
https://www.futami.co.jp/

二見文庫の既刊本

女生徒たちと先生と

TACHIBANA,Shinji
橘 真児

地方に住む女子生徒四人組は性的な興味あふれる年頃。ある日、その一人が発した言葉によって、誰ともなく互いの身体検査をしたり、一人は絶頂まで体験してしまった。さらに担任の男性教師を軽い罠にかけることに。彼を四人の「男性の肉体研究」の材料としてさまざまにいたずらし、好奇心を満たしていくがそれでも治まらず……。甘酸っぱい青春官能エンタメの傑作！

二見文庫の既刊本

あの日抱いた人妻の名前を僕達はまだ…

TACHIBANA,Shinji
橘 真児

30歳を前に久々に会った同級生三人組が、高校時代の思い出話を始めた。仁志が、実は、高三で初体験をしたことを告白すると、彰も「実は俺も……」と。三人が同じ時期に同じように初体験をしていたことに驚く彼ら。さらに、各々の相手の特徴がどこか似通っている。そのことに気づいた彼らは、その「人妻」を探しはじめるが、驚きの結末が。書下し官能エンタメ！

二見文庫の既刊本

人妻の筆下ろし教室

TACHIBANA,Shinji
橘 真児

35歳の早紀江は国語教師を辞め、小さな習字教室を開くことにした。そこに隣人が「弟の性の相談を聞いてやって」と頼んでくる。しかし、話を聞くだけのはずが体を使って答えることになってしまった。さらに、別の大学生には習字を教えているうちについ下半身に目が行き、いつの間にか元気な「筆」を下ろしてやることに……。書下し官能エンタメ！

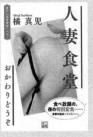